KB014899

조부모가 살았던 제1차 세계대전과 금주령 시대, 그리고 부모세대가 겪은 경제공황과 제2차 세계대전 시대로 거슬러 올라가 문제의 원인을 탐색하고 그 근본과 조우한다. 그런 의미에서 이 책의 화자는 '과거로의 탐색여행'을 떠나는 다른 포스트모던 소설의 주인공들과도 무척 닮아 있다. 1984년, 브라우티건은 마흔아홉 살의 나이에 권총으로 스스로 목숨을 끊었다. 시신은 그의 행방을 찾던 출판사에서 고용한 사립탐정에 의해 발견되었고 결국 정확한 사망 날짜는 아무도 알지 못한다.

옮긴이 김성곤

현재 서울대 영문과 명예교수이자 문화부 산하 한국문학번역원장으로 있다. 펜실베이니아주립대학교와 뉴욕주립대학교, 캘리포니아 버클리대학교, 컬럼비아대학교, 브리검영대학교에서 영문학, 비교문학, 한국문학을 강의했고, 하버드대학교와 옥스퍼드대학교에서 방문학자로 연구했다. 국제비교한국학회(IACKS), 현대영미소설학회, 한국아메리카학회, 문학과 영상학회 회장을 역임했으며, 풀브라이트 자랑스러운 동문상, 뉴욕주립대학교 탁월한 해외동문상, 김환태평론문학상을 수상했다. 옮긴 책으로 토머스 핀천의 《제49호 품목의 경매》, 애드거 앨런 포의 《아서 고든 핌의 모험》, 어니스트 헤밍웨이의 《무기여 잘 있어라》와 《우리들의 시대에》, 리처드 브라우티건의 《미국의 송어낚시》 《임신중절》 등이 있으며 지은 책으로 《경계를 넘어서는 문학》 《하이브리드시대의 문학》 《김성곤 교수의 영화 에세이》 등이 있다.

완벽한 캘리포니아의 하루

완벽한 캘리포니아의 하루

1판 1쇄 발행 2015년 6월 5일 **2판 2쇄 발행** 2019년 7월 1일

지은이 리처드 브라우티건 **옮긴이** 김성곤
펴낸이 고세규
편집 이승희 **디자인** 조명이
발행처 김영사
주소 경기도 파주시 문발로 197(문발동) 우편번호10881
등록 1979년 5월 17일(제406-2003-036호)
구입 문의 전화 031)955-3100 **팩스** 031)955-3111
편집부 전화 02)3668-3295 **팩스** 02)745-4827 **전자우편** literature@gimmyoung.com

비채 카페 http://cafe.naver.com/vichebooks **인스타그램** @drviche **카카오톡** @비채책
트위터 @vichebook **페이스북** facebook.com/vichebook
ISBN 978-89-349-7675-2 04840 책값은 뒤표지에 있습니다.

비채는 김영사의 문학 브랜드입니다.

완벽한
캘리포니아의 하루

REVENGE
OF
THE LAWN

리처드 브라우티건 _ 김성곤 옮김

비채

REVENGE
OF
THE LAWN

REVENGE
OF
THE LAWN

차
례

**REVENGE
OF
THE LAWN**

내 소설에서 중요한 것은 상상력과 인지력이다. 언어로 설명할 수 없는 세계에서는 이 두 가지가 어둠 속에서 눈을 뜬다. 그리고 상상력과 인지력을 바탕으로 생성되는 이미지와 메타포의 시적 테크닉은 그렇게 해서 쓰인 작품을 다분히 서정적으로 만들어준다.

_리처드 브라우티건

잔디밭의 복수

우리 할머니는 미국의 과거라는 풍랑 속에서 등대처럼 빛나는 사람이었다. 할머니는 워싱턴 주의 조그만 마을에 사는 밀주업자였다. 또한 그분은 1900년대 초에 벌써 1미터 83센티미터의 키에 몸무게가 87킬로그램이나 나가는, 그랜드 오페라처럼 중후한 체격이었다. 할머니의 특기는 약간 덜 정제되기는 했어도 금주령 시대에 환영받던 술인 '버본'이었다.

그렇다고 할머니가 여자 알 카폰 같은 존재는 아니었지만 밀주에 대한 공적은 적어도 자기 동네에서는 전설에 나오는 '풍요의 뿔' 같았다. 수년간 할머니는 마을을 마음대로 주물렀다. 보안관이 매일 아침 우리 할머니를 방문해서 그날의 날씨와 더불어, 닭이 알을 몇 개 낳았는지까지 보고할 정도였으니 말이다.

나는 할머니가 보안관에게 이렇게 말하는 것을 상상한다. "이보게 보안관, 자네 모친께서 빨리 쾌차하시길 바라네. 나도 지난주 감기에 걸려서 목이 부었거든. 아직도 코감기 기운이 있어. 안부 전해주고, 이 근처에 오실 일 있으면 들르시라고 해주게나. 저 술 상자는 원하면 가져가도 되네. 아니면 잭이 차를 갖고 돌아오는 대로 내가 보내줄 수도 있고."

"금년에는 소방관들 무도회에 갈 수 있을지 잘 모르겠네 그려. 하지만 자네도 알다시피 내 마음은 늘 소방관들에게 가 있다네. 오늘 밤 내가 안 보이거든 소방관들에게 그렇게 전해주게나. 가려고 노력은 하겠네만 아직 감기가 안 떨어져서 말이야. 저녁에는 더 심해지거든."

할머니는 그 당시의 기준으로 보아도 이미 낡은 3층 집에서 사셨다. 잔디가 없어서 수년간의 비로 침식된 앞마당에는 배나무 한 그루가 서 있었다.

한때 잔디밭을 둘러싸고 있던 말뚝 울타리도 사라지고 없어서 사람들은 현관 바로 앞까지 차를 몰고 왔다. 앞마당은 겨울에는 진흙탕이었고 여름에는 바위처럼 단단했다. 잭은 앞마당이 마치 살아있기라도 한 것처럼 그곳에 대고 욕을 했다. 잭은 할머니와 30년이나 같이 살았다. 내 친할아버지는 아니었고 플로리다에서 물건을 팔던 이탈리아 사람이었다.

잭은 사람들이 사과를 먹고 비가 많이 오는 곳에서 영원한 오렌지와 햇볕에 대한 비전을 파는 사람이었다.

잭은 마이애미 다운타운 근처에 있던 할머니 집에 물건을 팔러 왔다. 그는 일주일 후 위스키를 배달하러 왔다가 30년을 눌러 살았으며, 그 후 플로리다는 그 없이 지내야 했다.

잭은 앞마당이 자기를 싫어한다고 생각해서 앞마당을 미워했다. 잭이 처음 왔을 때 잔디밭은 무척 아름다웠지만 그가 곧 망쳐놓았다. 물도 주지 않고 전혀 돌보지 않았기 때문이다.

단단히 굳어진 땅은 여름이면 그의 차 타이어를 펑크 냈다. 그놈의 앞마당은 여름철엔 잭의 차 타이어에 못을 찔러 넣었고, 겨울철엔 진흙탕에 빠뜨렸다.

그 잔디밭은 말년을 정신병원에서 보낸 우리 할아버지의 소유였다. 할아버지는 잔디밭을 자랑스러워했는데, 자신이 잔디밭의 정기로부터 능력을 받았다고 생각했다.

할아버지는 1911년에 이미 제1차 세계대전이 일어난 날, 즉 1914년 6월 28일을 정확하게 예언한 워싱턴의 미성년 신비주의자였다. 하지만 그건 할아버지에게는 너무 과한 일이었다. 1913년 사람들이 할아버지를 주립 정신병원으로 보냈고, 할아버지는 그곳에서 자신이 1872년 5월 3일에 살고 있는 어린아이라고 믿으며 13년이나 지내느라 자기 예언이 들어맞은 것을 기뻐하지도 못했다.

할아버지는 날마다 자기가 여섯 살이고, 비가 막 오려는 흐린 날씨에 엄마가 초콜릿 케이크를 굽고 있다고 믿었다. 1930년에 돌아가실 때까지 할아버지에게는 매일이 1872년 5월 3일이었다. 초콜릿 케이크가 다 구워지기까지 무려 17년이나 걸린 셈이다.

집에 있는 할아버지의 사진은 나와 판박이처럼 닮았다. 유일한 차이는 내 키가 6피트(182센티미터)가 조금 넘는 것에 비해 할아버지는 5피트(152센티미터)가 채 못 되었다는 점이다. 할아버지는 자신이 너무 작아서 땅에 가까웠기 때문에 잔디밭이 제1차 세계대전 발발을 정확하게 맞히도록 도와주었다는 어리석은 생각을 했다.

할아버지가 전쟁이 시작된 것을 몰랐던 것은 유감스러운 일이다. 그분이 1년만 더 지나서 자기를 아이라고 생각하고 그 초콜릿 케이크를 생각했더라면 그의 꿈은 성취될 뻔했다.

할머니 집에는 수리하지 않고 놓아둔 커다랗게 움푹 들어간 곳이 두 군데 있었는데, 그중 하나는 이렇게 생겨났다. 앞마당 배나무에 열린 배들이 가을에 익어서 떨어져 썩으면 수백 마리의 벌들이 모여들곤 했는데, 1년에 두세 번씩

객을 쏘는 버릇이 생겼다. 벌들은 잭을 아주 독창적인 방법으로 공격하곤 했다.

한번은 벌이 저녁에 먹을 식료품을 사러 가는 잭의 지갑 속으로 들어갔다. 지갑 속 악당의 존재를 모른 채 잭은 돈을 지불하려고 지갑을 꺼냈다.

"72센트요." 상점 주인이 말했다.

잭은 자기 새끼손가락을 쏘느라 분주한 벌을 보면서 "아야아야아야아야아야아야아야아야아야아야아야아야아야아야아야아야!" 하고 대답했다.

움푹 들어간 첫 자국은 주식시장이 폭락하고 배가 익던 가을, 앞마당으로 차를 몰고 들어오던 잭의 시가에 벌이 내려앉으면서 비롯되었다.

잭은 공포에 휩싸여 벌을 그저 옆눈으로 노려볼 수밖에 없었고 벌은 그런 그의 윗입술을 쏘고 말았다. 그러자 잭이 반사적으로 차를 몰고 집으로 돌진했던 것이다.

잭이 잔디밭을 엉망으로 만든 후에도 앞마당은 파란만장한 역사를 겪었다. 1932년 어느 날, 잭은 할머니를 위해 뭔가를 배달하러 나갔거나 무슨 일이 있어서 밖으로 나갔다. 그런데 할머니는 오래된 술지게미 반죽을 버리고 새 반죽을 만들려고 했다.

잭이 나가고 없었기 때문에 할머니는 혼자서 그 일을 했다. 할머니는 양조장에서 일 할 때 입는 멜빵달린 오버롤을 입고, 일륜손수레에 오래된 술지게미 반죽을 싣고 앞마당으로 버리러 나갔다.

마침 집 밖에는 잭이 플로리다에 '미래의 상품'을 팔러 온 이후 사용하지 않고 있던 차고에 둥지를 튼 흰 거위 떼가 돌아다니고 있었다.

잭은 자동차에게 집이 있다는 것은 아주 잘못된 일이라는 생각을 가진 사람이었다. 아마도 그런 사고방식을 유럽에서 배운 것 같다. 왜냐하면 잭은 차고 이야기를 할 때면 언제나 이탈리아어를 썼기 때문이다. 다른 모든 경우에는 영어를 썼지만 차고에 대해 말할 때만은 예외였다.

할머니가 배나무 근처에 술지게미 반죽을 버리고 지하실에 있는 양조장으로 내려가자 거위들이 몰려들어 회의를 열었다.

짐작컨대 거위들은 상호 만족스러운 결정을 내렸던 것 같다. 곧 모두가 술지게미를 먹기 시작했기 때문이다. 술지게미를 먹자 거위들의 눈은 점점 밝아졌으며 반죽에 감사했던지 목소리도 점점 더 커졌다.

잠시 후 거위 한 마리가 반죽에 고개를 처박고는 다시 꺼내는 것을 잊어버렸다. 다른 한 마리는 크게 울더니 황새처럼 한쪽 다리로 서 있으려고 애썼다. 그러다가 1분쯤 지나 그만 꼬리 쪽으로 주저앉았다.

할머니는 거위들이 각양각색으로 쓰러져 있는 것을 보았

다. 마치 기관총에 맞은 것 같았다. 오페라처럼 중후한 체격의 할머니가 내려다보기에 거위들은 다 죽은 것 같았다.

그래서 할머니는 거위들의 털을 다 뽑은 다음 벌거벗은 거위들을 일륜손수레에 싣고 지하실로 내려갔다. 다섯 번이나 오간 다음에야 거위들을 다 옮겨놓을 수 있었다.

할머니는 거위들을 장작처럼 양조장 옆에 차곡차곡 쌓아놓은 다음, 잭이 돌아오면 한 마리는 저녁식사로 요리하고, 나머지는 마을에 나가 팔아서 이익을 내려고 기다렸다. 양조장 일이 끝나자 할머니는 2층에 올라가 잠시 낮잠을 잤다.

한 시간쯤 후에 거위들은 술에서 깨어났다. 거위들은 엄청나게 고약한 느낌의 숙취에 시달렸다. 가까스로 몸을 추스르고 일어나다가 갑자기 거위 한 마리가 자기들의 깃털이 다 없어진 것을 발견하고 다른 거위들에게 알렸다. 거위들은 모두 절망에 빠졌다.

거위들은 불안하고 비참하게 떼를 지어 지하실을 빠져나왔다. 잭이 차를 몰고 돌아왔을 때, 거위들은 모두 배나무 옆에 모여 있었다.

벌거벗은 거위들이 서 있는 것을 보는 순간, 잭은 입술에 벌이 쏘인 때의 트라우마가 생각났는지, 갑자기 미친 사람처럼 입에 물고 있던 시가를 찢어 세게 던졌다. 얼마나 세게 던졌던지 그의 손이 차 앞 유리를 뚫고 나갔고, 그는 결국 32바늘이나 꿰매야 했다.

거위들은 배나무 아래 서서 잭이 20세기 들어 두 번째로 차를 몰고 집으로 돌진하는 장면을 마치 형편없는 미국의 아스피린 광고를 보듯 바라보았다.

내가 태어나서 처음 기억하는 것은 할머니 집 앞마당에서 일어난 일이었다. 1936년 혹은 1937년의 일로, 어떤 남자가, 아마도 잭 같은데, 배나무를 베어서는 9미터나 뻗어 있는 그 커다란 나무에 여러 갤런의 석유를 붓고 아직 녹색의 배가 달려 있는 채로 불을 당기는 장면이었다.

1692년, 코튼 매더의 뉴스영화

오, 1930년 워싱턴 주 터코마의 마녀여. 내가 그때의 네 나이를 향해 자라나고 있는 지금, 너는 어디에 있니? 한때 내 몸은 어린아이의 공간을 차지했고, 문이 커다란 의미를 갖고 있었으며, 거의 인간처럼 느껴졌었다. 1939년에는 문을 여는 일이 의미심장했고, 우리가 두 마리 빈민촌 참새처럼 앉아 있던 시궁창 길 건너편, 미쳐서 다락방에서 혼자 사는 너를 우리는 놀려대곤 했었지.

우린 그때 네 살이었어.

그때 너는 지금의 내 나이쯤이었는데, 아이들이 따라다니며 너를 놀렸지. "미친년이다! 도망쳐라! 도망쳐! 마녀다! 마녀야! 눈을 마주치지 마. 날 보고 있잖아! 도망쳐! 도와줘! 도망쳐!"

지금 나는 히피 스타일의 긴 머리와 괴상한 옷차림 때문에 당시의 너와 닮았어. 그래서 1967년의 내가 1939년의 너처럼 보이는 거야.

샌프란시스코의 아침에 아이들은 내게 소리 지르지. "어이, 히피양반!" 마치 그때 터코마의 황혼 길을 걸으며 우리가 너에게 "어이, 미친 여자!" 하고 외쳤듯이.

지금의 나처럼 너도 그때는 그런 놀림에 익숙했었지.

어렸을 때, 나는 모험을 좋아했다. 그래서 누가 도전해오기라도 하면 당장 응했다. 윽! 나는 난쟁이 돈키호테처럼, 모험의 길과 비전을 따라가곤 했었다.

우리는 하릴없이 시궁창에 앉아 있었다. 어쩌면 마녀나 뭐 다른 것이 나타나 우리를 시궁창에서 구해주기를 기다렸는지도 모른다. 한 시간은 족히 거기 앉아 있었을 것이다. 아이들 시간으로 한 시간을.

"너 마녀의 집에 들어가서 그 집 창문에 서서 손 흔들 수 있냐?" 내 친구가 드디어 무언가가 일어나기를 바라면서 내게 도전했다.

나는 길 건너 마녀의 집을 바라보았다. 마녀의 집에는 마치 공포영화의 스틸사진처럼 우리를 내려다보고 있는 다락방 창문이 하나 있었다.

"좋아." 내가 말했다.

"너 배짱 좋구나." 내 친구가 말했다. 지금은 그 녀석 이름도 생각이 안 난다. 그 시대 그 녀석의 이름이 있을 곳에는 이제 빈 공간만 남아 있을 뿐, 내 기억에서 사라져버렸다.

나는 시궁창에서 일어나 길을 건너 다락방으로 연결되는 계단이 있는 뒤편으로 갔다. 계단은 늙은 어미고양이처럼 잿빛 나무로 만들어졌으며, 세 개 층을 올라야 비로소 문이 나왔다.

계단 밑에는 쓰레기통이 있었다. 나는 어느 것이 마녀의 쓰레기통인지 궁금했다. 나는 마녀의 쓰레기가 들어있는지 보려고 그중 하나의 뚜껑을 열었다.

그런데 마녀의 쓰레기는 없었다.

쓰레기통에는 보통 쓰레기만 들어 있었다. 다른 통을 열어보았지만 역시 보통 쓰레기가 들어 있었다. 세 번째 통을 열어보아도 다른 두 개와 같았다. 마녀의 쓰레기는 없었다.

그 집에는 마녀가 살고 있는 다락방을 포함해 세 개의 아파트밖에 없었고, 세 개의 쓰레기통이 있었다. 그중 하나는 마녀의 쓰레기통이야 하는데, 그 어느 것도 다른 두 개와 전혀 다르지 않았다.

그래서……

나는 계단을 걸어 다락방으로 올라갔다. 새끼들에게 젖을 먹이는 어미고양이를 쓰다듬듯 아주 조심해서 걸었다.

드디어 마녀의 집 앞에 도착했다. 마녀가 안에 있는지 없는지 알 수 없었다. 집에 있을 수도 있었다. 노크를 하려 했지만 그건 의미 없는 짓이었다. 만일 집에 있다면 내 면전에서 문을 꽝 소리 나게 닫으며 뭘 원하느냐고 물을 것이고, 그러면 나는 "사람 살려! 마녀가 내 눈을 보았어!"라고 비명을 지르며 계단을 굴러 내려오게 될 것이었다.

문은 컸고 조용했으며 중년 여인처럼 보였다. 시계의 뒷뚜껑을 열 때처럼 내가 조심스럽게 문을 열자 마치 마녀를 만지는 것 같은 느낌이 들었다.

입구에는 부엌이 있었는데 그녀는 거기 없었다. 하지만 거기에는 꽃이 꽂힌 20~30개의 화병과 단지와 병이 있었는데, 탁자 위와 그릇 받침대와 선반 위에 가득 놓여 있었다. 꽃은 일부는 시들었지만 일부는 싱싱했다.

다음 방은 거실이었는데, 마녀는 거기에도 없었다. 하지만 거기에도 꽃이 꽂힌 20~30개의 화병과 단지와 병이 있었다.

침대 바로 옆에는 창문이 있었는데, 바로 거리가 내려다보이는 창이었다. 침대는 놋쇠로 만들어졌고 누비이불로 덮여 있었다. 나는 창가로 걸어가서 시궁창에 앉아 창을 올려다보는 친구를 노려보았다.

녀석은 내가 마녀의 집 창문에 서 있다는 것을 믿을 수 없는 듯했다. 나는 그 녀석에게 아주 천천히 손을 흔들었고 그도 내게 아주 천천히 손을 흔들었다. 우리는 마치 서로 다른 두 도시, 예컨대 터코마와 세일럼에서 서로를 향해 손짓하듯 천천히 손을 흔들었다. 우리의 손짓은 마치 두 도시의 손짓의 메아리 같았다.

이제 모험은 끝났고, 나는 공허한 정원처럼 보이는 그 집에서 몸을 돌려 빠져나왔다. 갑자기 공포가 엄습해서 나는 목이 터져라 비명을 지르면서 계단을 달려 내려왔다. 나는 마치 한 수레 가득 담긴, 김이 모락모락 나는 용의 배설물을 밟은 것처럼 비명을 질렀다.

내가 비명을 지르면서 나타나자, 내 친구도 시궁창에서 벌떡 뛰어 일어나더니 비명을 지르기 시작했다. 아마도 마녀가 나를 쫓아오고 있다고 생각했었나 보다. 우리는 마치 1692년 코튼 매더의 뉴스영화처럼 우리 자신의 목소리에 쫓겨서 터코마의 거리를 비명을 지르며 달렸다.

독일군이 폴란드를 침공하기 한두 달 전의 일이었다.

1/3 1/3 1/3

우리는 돈을 3등분하기로 했다. 내가 타이핑하는 대가로 3분의 1을 받고, 그녀가 편집하는 대가로 3분의 1을, 그리고 그가 소설을 쓰는 대가로 3분의 1을 받기로 했다.

우리는 인세를 3등분하기로 했다. 우리는 모두 자신의 할 일을 알고 갈 길을 알며 마지막에 통과할 관문을 아는 채로 악수를 하고 계약을 맺었다.

나는 타자기를 갖고 있었기에 3분의 1을 받는 파트너가 되었다.

나는 사회복지국이 그녀와 그녀의 아홉 살짜리 아들 프레디를 위해 마련해준 초라한 집 건너편에 위치한 내 소유 건물의 판지로 막아진 방에서 살고 있었다.

소설가는 자신이 경비를 서는 제재소 옆 연못가에 있는,

여기서 1마일(1.6킬로미터) 쯤 떨어진 트레일러에 살았다.

그때 난 열일곱 살이었고 1952년 어둡고 비 내리는 북서 태평양 연안에서 외롭고 이상한 삶을 살고 있었다. 이제 난 서른한 살이 되었지만 아직도 그때 내가 왜 그렇게 살았는 지 알지 못한다.

그녀는 30대 후반의 영원히 부서지기 쉬운 여자 중 하나 였고, 왕년에는 무척 아름다워서 술집이나 맥주 홀에서 남 자들의 시선을 끌었지만, 이제는 사회복지수당에 의존해 사느라 한 달에 한 번 수표가 나오는 날을 중심으로 삶을 꾸리는 여자가 되었다.

'수표'는 그들의 삶에 종교적인 용어가 되어서 대화할 때 마다 그 단어를 적어도 서너 번씩 사용했다. 대화의 내용이 무엇이든 상관없었다.

소설가는 40대 후반으로 키가 크고 얼굴이 붉었으며, 그 의 인생은 배신하는 여자친구들과 트랜스미션이 고장나는 차들 그리고 일주일에 술 취하는 날 닷새의 부단한 연속처 럼 보였다.

그는 자기가 숲에서 일하기 전에 있었던 일에 대해 이야 기하고 싶어서 소설을 썼다.

또한 3분의 1의 인세를 받고 싶어서도 썼다.

내가 그들의 삶에 개입하게 된 사연은 다음과 같다. 어느 날 나는 집 앞에서 사과를 먹으며 비를 뿌릴 듯 오만상을 찌푸린 하늘을 바라보고 있었다.

그러다 보니 마치 그것이 내 직업처럼 느껴졌다. 나는 그처럼 열심히 사과를 먹었고 하늘을 노려보고 있었던 것이다. 사람들은 내가 하늘을 노려보는 대가로 상당한 월급과 연금을 받는다고 생각했을 것이다.

"어이, 이봐요!" 누가 나를 불렀다.

나는 물웅덩이 건너편을 바라보았다. 거기 그 여자가 서 있었다. 여자는 다운타운에 있는 사회복지국에 갈 때를 제외하면 늘 입는 녹색의 짧은 코트를 입고 있었다. 그 위에는 볼품없는 오리 색의 잿빛 코트를 입고 있었다.

우리는 포장이 안 된 가난한 지역에서 살았다. 거리는 마치 거대한 물웅덩이 같아서 우리는 길을 돌아서 지나다녀야 했다. 차가 다니기도 어려웠다. 차는 아스팔트와 자갈길이 있는 다른 길로 다녔다.

그녀는 겨울이면 늘 신는 흰색 고무장화를 신고 있었는데, 그 신발 때문에 꼭 어린아이 같았다. 그녀는 너무 연약해 보였고, 사회복지국에 너무 진하게 신세를 지고 있어서 가끔 열두 살짜리 어린아이처럼 보였다.

"왜 그러는데요?" 내가 물었다.

"타자기 갖고 있지요? 그렇죠?" 그녀가 물었다. "당신 움막을 지나다가 타자기 소리를 들었어요. 밤에 타이핑을 많이 하더군요."

"그래요. 타자기 갖고 있어요." 내가 대답했다.

"타자 잘 치세요?" 그녀가 물었다.

"잘 치는 편이지요."

"우린 타자기가 없어요. 어때요, 우리 팀에 합류해볼래요?" 그녀는 물웅덩이 건너편에서 소리 질렀다. 하얀 장화를 신은 그녀는 마치 열두 살짜리 어린아이처럼 보였다. 흙탕물 웅덩이에서 가장 사랑스러운 아이.

"합류라니 무슨 뜻이지요?"

"그 사람이 소설을 써요." 그녀가 말했다. "아주 잘 써요. 내가 편집하고 있죠. 난 문고판 책과 〈리더스 다이제스트〉를 많이 읽어요. 그 소설을 타이핑해줄 사람이 필요해요. 인세의 3분의 1을 줄 건데. 어때요?"

"소설을 한번 보고 싶군요." 내가 대답했다. 무슨 일이 벌어지고 있는지 알 수가 없었다. 다만 그 여자에게 서너 명의 남자친구가 다녀간다는 것은 알고 있었다.

"그럽시다." 그녀가 말했다. "타자를 치려면 당연히 소설을 봐야죠. 이쪽으로 와요. 당장 그 사람 집으로 가서 만나고 소설도 봅시다. 사람도 좋고 소설도 좋아요."

"좋아요." 내가 말했다. 나는 흙탕물 웅덩이를 돌아 끔찍한 치과진료소 앞, 그리고 사회복지국으로부터 2마일 떨어져 있는 곳에 선 열두 살짜리 같은 그녀에게 갔다.

"갑시다." 그녀가 말했다.

우리는 간선도로로 가서 흙탕물 웅덩이와 제재소 호수와 비에 젖은 들판을 지나 기차길을 가로질러 나아갔고, 검은 겨울 목재들이 가득한 여섯 개의 제재소 호수를 지났다.

가는 동안 우리는 거의 말이 없었다. 그녀가 한 말이라고 는, 자기에게 올 수표가 이틀이나 늦어져서 복지국에 전화 했더니, 이미 보냈으니 내일쯤 도착할 거라고, 만일 도착하 지 않으면 내일 다시 전화하면 전신환으로 급히 보내 주겠 다고 했다는 것뿐이었다.

"내일은 수표가 도착하기를 바랍니다." 내가 말했다.

"나도 그러길 바라고 있어요. 안 그러면 다운타운까지 가 야 해서요." 그녀가 말했다.

마지막 제재소 연못 옆에 노란색 트레일러가 나무 블록 위에 주차되어 있었다. 간선도로가 마치 천국처럼 멀어서 기도할 대상인 양 보이는 머나먼 곳에 선 트레일러는 다시 는 어디로도 이동할 수 없을 것 같았다. 공동묘지 같은 굴 뚝에서 스멀거리는 죽은 연기를 토해내는 트레일러는 슬퍼 보였다.

현관에는 반은 개처럼, 반은 고양이처럼 보이는 짐승이 거친 판자로 된 포치에 앉아 있었다. 그 짐승은 우리를 보 더니 "멍~야옹!" 하고 반은 짖고 반은 야옹거리며 트레일 러 아래에 숨어 우리를 보고 있었다.

"바로 여기예요." 여자가 말했다.

트레일러의 문이 열리더니 한 남자가 현관으로 나왔다. 포치에는 장작이 쌓여 있었고, 검은 방수포로 덮여 있었다.

비가 오려고 사방이 어두워졌는데도 남자는 마치 햇빛을 가리듯 손으로 눈앞을 가렸다.

"안녕하쇼." 그가 말했다.

"안녕하세요." 내가 말했다.

"안녕." 여자가 말했다.

그는 내 손을 잡고 악수를 하더니 나를 트레일러로 데리고 들어갔으며, 우리가 다 들어가기 전에 그녀의 입에 살짝 키스했다.

트레일러 내부는 좁고 흙탕이었으며 퀴퀴한 비 냄새가 났다. 그리고 타락한 지역의 서글픈 섹스파트너처럼 흐트러진 침대가 있었다.

옆에는 녹색의 하프 테이블과 곤충을 닮은 의자가 둘, 자그마한 싱크대와 요리와 난방을 위한 스토브가 있었다.

작은 싱크대에는 안 씻은 접시들이 있었는데, 그 접시들은 원래부터 더러웠던 것처럼 보였으며, 씻어도 여전히 영원히 더러울 것 같았다.

트레일러 어딘가에서 서부 음악을 연주하는 라디오 소리가 들렸지만 라디오는 보이지 않았다. 여기저기 둘러보았지만 보이는 곳에는 없었다. 아마도 셔츠 밑 같은 데에 들어가 있는 것 같았다.

"이 사람이 타자기를 갖고 있어요." 그녀가 말했다 인세의 3분의 1을 주기로 했어요.

"공평한 것 같군." 그가 말했다. "타이피스트가 필요하니까. 이런 일은 처음이어서 말야."

"이 사람에게 소설을 보여줘요." 그녀가 말했다. "한번 보고 싶어해서요."

"좋아. 하지만 아직 정리된 건 아냐." 그가 내게 말했다. "난 4학년까지밖에 안 다녀서, 저 여자가 문법도 봐주고 구두점도 봐주고 편집을 해주지."

아마도 꽁초가 600개는 박힌 것 같은 재떨이 옆에 공책이 한 권 있었다. 표지에는 호팔롱 캐시디의 컬러 사진이 있었다.

호팔롱은 여자 꽁무니를 쫓아 밤새 할리우드를 돌아다닌 것처럼 피곤해 보였고, 중심을 잡지 못하는 것 같았다.

공책에는 25~30쪽 분량의 소설이 쓰여 있었다. 흡사 초등학생이 낙서한 것처럼 보였는데, 인쇄체와 필기체의 불행한 결혼 같았다.

"아직 다 쓰지는 않았어." 그가 말했다.

"당신이 타이핑하고, 내가 편집하고, 저 사람이 쓰는 거야." 그녀가 말했다.

소설은 웨이트리스와 사랑에 빠지는 젊은 제재소 직원의 이야기였다. 이야기는 오리건 주 노스벤드의 카페에서

1935년에 시작되었다.

젊은 제재소 직원은 카페 테이블에 앉아 있고 웨이트리스가 주문을 받고 있었다. 그녀는 금발에 붉은 뺨의 미인이다. 청년은 송아지 고기와 으깬 감자, 컨트리 그레이비를 주문했다.

"그래, 내가 편집하고 당신이 타이핑하면 되는 거야. 어렵지 않지, 그렇지?" 그녀는 사회복지수당이 어깨너머로 바라보는 열두 살 아이처럼 말했다.

"그래요." 내가 말했다. "문제없어요."

갑자기 사전 경고도 없이 비가 세차게 내렸다. 트레일러를 흔들 정도로 커다란 빗방울이 떨어지고 있었다.

소설은 이렇게 쓰여 있었다.

송아지 커틀릿을 조아하나바요 메이벨이 ~~말했다~~ 물었다 말했다. 그녀는 사가처럼 이쁘고 빨간 입수레 연필을 ~~무릉다~~ 물었다.

작이가 주문 할 때만 그래 칼이 말했다. 그는 수지벗지만 제재소의 주인인 작이 (압어지 → 아버지) 만큼 크고 힘셌다!

그래비 마니 줄게! ← 아버지

바로 그때, 카페의 무니 열리고 린스 아담스가 드러왔다. 그는 미남이지만 나쁜 사라미어서 모두가 무셔워 했다. 하지만 칼과 (압어지 → 아버지)는 무셔워하지 아났다!

검은 체크무니 방코트를 입고 린스가 거기 서 인는걸 보
아버지

31

고 메이벨은 무서워 했다. 린스가 여자에게 미소짖자 칼의 피가 커피처럼 뜨겁개 다라 올랏다.!

린스가 안농 하고 마라자, 메이벨이 꽃처럼 얼구를 불켰다

꼿

우리는 그날 쏟아지는 빗속에서 트레일러에 앉아 미국문학의 문을 두드리고 있었다.

캘리포니아로 모여드는 사람

대부분의 캘리포니아 사람처럼 나도 다른 곳에서 왔고, 캘리포니아의 의미와 목적에 이끌려 왔다. 캘리포니아는 마치 금속을 먹는 꽃이 햇빛과 비를 모으듯 꽃잎으로 손짓해 차들을, 수백만 대의 차들을 불러 모으는 곳, 교통체증과 함께 숨 막히는 향기를 내뿜는 곳, 그러면서도 아직 수백만 대를 더 불러들일 공간이 있는 그런 곳이었다.

캘리포니아는 우리를 필요로 했고 다른 곳에서 살고 있던 우리를 불러 모았다. 너, 너, 그리고 너를 데려갈 거야 하는 식으로. 나는 대자연이 사람들과 미뉴에트 춤을 추고, 예전에 좋았던 시절에는 나하고도 춤추었던, 유령이 나오는 곳, 태평양 연안 북서쪽에서 살다가 불려갔다.

나는 내가 아는 모든 것을 캘리포니아로 가져갔다. 내가 다시 돌아갈 수도 없고 돌아가고 싶지도 않은 곳. 마치 내 모습을 한 다른 사람에게 일어난 것 같은 수년에 걸친 각기 다른 삶을 가지고 캘리포니아로 갔다.

이상하게도 캘리포니아는 다른 모든 곳에서 사람들을 불러서는 예전의 삶을 잊어버리게 한다. 이곳의 에너지 자체가, 혹은 금속을 먹는 꽃의 그림자가 우리를 다른 삶으로부터 불러와 길거리 주차 미터기가 타지마할처럼 늘어선 캘리포니아의 주민으로 만든다.

현대 캘리포니아의 삶에 대한 짧은 이야기

참신하게 시작되는 이야기들은 많다. 그러나 이것은 그런 이야기가 아니다. 현대 캘리포니아의 삶에 대한 이야기를 시작하는 유일한 방법은 잭 런던이 《시 울프Sea Wolf》를 시작한 방법을 쓰는 것이다. 나는 그의 방법을 신뢰한다.

1904년에 통한 방법은 1969년에도 통할 것이다. 나는 같은 시작이 시대를 넘어 이 이야기의 목적을 달성해주리라 믿는다. 여기는 무엇이든 하고 싶은 걸 할 수 있는 캘리포니아가 아닌가? 한 젊은 문학평론가가 소살리토에서 샌프란시스코까지 페리를 타고 가고 있었다. 그는 밀 밸리에 있는 친구 별장에서 며칠을 보내고 돌아가는 길이었다. 그 친구는 겨울 동안 별장에서 쇼펜하우어와 니체를 읽고 있었다. 그들은 함께 멋진 시간을 보냈다.

안개 속에서 해변의 만灣을 여행하면서 그는 〈자유의 필요성: 예술가를 위한 탄원〉이라는 글을 쓰겠다고 생각한다.

물론 울프 라슨이 그 부유하고 젊은 평론가의 페리를 어뢰로 공격하고 그를 체포한다. 평론가는 즉시 선실의 급사로 변해 이상한 제복을 입고, 모든 사람을 혼비백산하게 만들며, 올드 울프와 지적인 대화를 하다가 엉덩이를 차이고 멱살을 잡히며 항해사로 승진하고 성숙해지며 진정한 사랑인 모드를 만나게 되고, 울프로부터 도망쳐 조그만 노 젓는 배로 탈출해 빌어먹을 태평양을 굴러다니다가, 이윽고 섬을 발견해서 돌로 만든 움막을 짓고 물개를 잡고 부서진 배를 수리하며 울프를 바다에 묻고 키스하고, 등등. 65년 후 캘리포니아의 삶에 대한 이야기는 이렇게 계속된다.

고맙게도.

태평양에서 불탄 라디오

　세계에서 가장 큰 바다는 캘리포니아 주 몬터레이에서 시작된다. 그건 당신이 어떤 언어를 사용하는가에 달려 있다. 내 친구의 아내는 막 그와 헤어졌다. 그녀는 작별인사도 하지 않고 문을 열고 떠나버렸다. 우리는 5분의 1 갤런들이 포트와인 두 병을 갖고 태평양을 향해 걸어갔다.

　그건 미국의 주크박스에서 흘러나오는 오래전의 노래였다. 노래는 하도 오랫동안 돌아다녀서 미국의 먼지에 녹음되었고, 모든 것에 내려앉아서, 의자와 자동차와 장난감과 램프와 창문을 수천만 개의 축음기로 만들어 우리의 찢어진 가슴에 노래를 들려주었다.

　우리는 커다란 화강암 바위와 거대한 태평양에 둘러싸인 구석지고 조그만 해변에 앉아 있었다.

우리는 그의 트랜지스터라디오에서 나오는 로큰롤을 들으며 우울하게 포트와인을 마시고 있었다. 우리 둘 다 절망적이었다. 나는 내 친구가 나머지 인생에 무엇을 하려는지 알 수 없었다.

나는 포트와인을 다시 한 번 홀짝거렸다. 라디오에서는 비치 보이스가 캘리포니아 여자들에 대해 노래하고 있었다. 여기 여자들이 좋다는 노래였다.

친구의 눈은 마치 물에 젖은, 찢어진 양탄자 같았다.

일종의 이상한 진공청소기처럼 나는 그를 위로하려 노력했다. 우리가 상처받은 사람들을 위로할 때 사용하는 상투적이고 장황한 말로 그를 위로하려 했지만 말은 전혀 도움이 되지 않았다.

유일한 차이라면 또 다른 인간의 목소리라는 것뿐. 사랑하는 사람을 잃어버린 사람을 행복하게 해줄 수 있는 말이란 이 세상에 없는 법이다.

드디어 그는 라디오를 불태웠다. 그는 라디오 주위에 종이를 쌓았다. 그런 다음 성냥을 그어 종이에 불을 붙였다. 우리는 거기 앉아서 불타는 라디오를 바라보았다. 라디오를 불태우는 사람을 본 것은 처음이었다.

라디오가 천천히 불타 사라지는 동안, 불꽃은 우리가 듣고 있던 노래에 영향을 미치기 시작했다. 인기순위 톱 40 중 1위였던 노래는 13위로 떨어졌다. 9위에 있던 노래는 누군가를 사랑한다는 코러스 중에 27위로 떨어졌다. 노래들은 떨어지는 새처럼 인기순위에서 곤두박질했다. 그리고 모든 것은 돌이키기에 너무 늦어버렸다.

앨마이러

나는 마치 앨마이러에 가는 젊은 미국 오리 사냥 왕자의 꿈에서 돌아온 것처럼 롱톰 강을 가로지르는 다리에 다시 서 있다. 때는 언제나 12월 하순이고 강물의 수위는 높았으며 흙탕물이었고 검고 잎이 다 떨어진 나뭇가지들을 차가운 수심으로부터 흔든다.

때로 다리 위에는 비가 오고 나는 강물이 호수로 내려가는 물살을 바라본다. 꿈속에서는 언제나 낡고 검은 나무 울타리에 둘러싸인 늪지대 같은 들판이 있고, 벽과 지붕으로 빛이 들어오는 오래된 오두막이 있다.

나는 왕족이 입는 기분 좋은 내의와 비옷 속에서 따뜻하고 뽀송뽀송하다.

때로는 춥고 청명해서 내 입김이 보였고, 다리에는 서리가 내려앉았으며, 멀리 수마일 너머로 롱톰 강이 시작되는 산맥까지 이어지는 울창한 나무들 사이를 비집고 들어가는 하천의 상류를 바라본다.

때로 나는 서리 내린 다리 위에 내 이름을 쓴다. 매우 조심스럽게 내 이름의 철자를 쓴다. 때로는 서리에 역시 조심스럽게 '앨마이러'라고도 쓴다.

나는 언제나 두개의 총신이 달린 16게이지 산탄총을 갖고 다니며, 주머니에는 충분한 실탄을 넣어두고 있다……. 아직 10대인 내가 너무 많은 실탄을 갖고 다니는 것인지도 모른다. 하지만 실탄이란 금방 떨어질 수도 있기에 나는 많은 실탄을 가지고 다니느라 몸이 무겁다.

주머니에 너무 많은 무거운 납이 들어 있어서 나는 심해 잠수부가 된 듯한 느낌이 든다. 무거운 실탄 때문에 가끔 걸음이 이상해지기도 한다.

나는 언제나 혼자 다리에 서 있는데, 그러노라면 청둥오리들이 호수를 향해 높이 날아가는 것이 보인다.

때로 나는 길 양쪽을 살핀 다음, 차가 오지 않을 때 오리 떼를 겨냥해 쏘기도 한다. 오리 떼는 너무 높이 날아서 그저 대오가 살짝 흐트러질 뿐이다.

때로는 차가 오고 있고, 그러면 나는 오리들이 강에 내려앉는 것을 보면서도 총을 쏘지 않는다. 차를 타고 오는 사람이 사냥단속반이거나 보안관일 수도 있기 때문이다. 내 머릿속 어딘가에는 다리에서 오리를 쏘는 것이 불법이라는 생각이 들어 있다.

실제로 그런지는 잘 모르겠다.

때로는 차가 오는지 보지 않을 때도 있다. 오리가 너무 높이 날아서 총을 쏠 수 없기 때문이다. 그러면 실탄만 낭비하는 꼴이 되므로 그냥 내버려둔다.

그들은 캐나다에서 온 살찐 청둥오리들이다.

때로 나는 앨마이러의 작은 마을을 걷는다. 아직 이른 아침이어서, 또는 비가 오거나 추워서 모든 것이 무척 조용하다.

앨마이러를 걸을 때마다 나는 멈춰서 앨마이러 유니온 고등학교를 바라본다. 교실은 언제나 비어 있고 안은 어두웠다. 아무도 거기서 공부한 적이 없고, 언제나 어둠 속에 묻혀 있었던 것 같다. 그래서 전기 스위치를 켤 이유도 없었던 것 같다.

때로 나는 앨마이러에 가지 않는다. 대신 좋은 오리 사냥을 할 수 있을까 하는 기대로 검은 나무 울타리를 지나 늪지대 들판으로 들어가 오래된 종교적 분위기의 움막을 지나 강을 따라 호수까지 간다.

그러나 그런 행운은 없다.

앨마이러는 아주 아름답지만 사냥하기 좋은 곳은 아니다.

나는 언제나 30킬로미터 정도를 히치하이크해서 앨마이

러까지 간다. 나는 왕족들의 오리 사냥복을 입고 산탄총을 들고 비를 맞거나 추위 속에 서서 기다린다. 그러면 지나가던 차가 멈추고 나를 태운다. 나는 그렇게 앨마이러에 간다.

내가 차에 올라타면, 사람들은 "어디까지 가세요?" 하고 묻는다. 나는 두 다리 사이에 산탄총을 총구가 천장을 향하도록, 왕의 홀처럼 균형을 잡아 세워두고 그들 옆에 앉는다. 각도 때문에 총구는 조수석 천장을 향한다. 그리고 나는 언제나 조수석에 앉는다.

"앨마이러까지요."

커피

때로 인생은 한 잔의 커피 같다. 나는 언젠가 커피에 대한 글을 읽은 적이 있다. 커피가 우리 몸에 좋다는 내용이었다. 우리 장기에 자극을 주니까.

처음에 나는 그게 좀 이상한 소리라고, 썩 기분 좋은 소리는 아니라고 생각했다. 그러나 시간이 지나자 그건 나름 말이 되는 소리였다. 그게 무슨 말인지 이제부터 이야기하려고 한다.

어제 아침, 나는 한 여자를 만나러 갔다. 난 그녀를 좋아한다. 하지만 우리가 서로 좋아하던 시절은 끝이 났다. 그녀는 이제 내게 관심이 없다. 내가 우리의 관계를 망쳤고, 지금은 그걸 후회하고 있다.

나는 그녀 집의 초인종을 누르고 층계에서 기다렸다. 그녀가 2층에서 움직이는 소리가 들렸다. 미루어 보건대 침대에서 일어나는 것 같았다. 내가 그녀를 깨운 것이다.

잠시 후, 그녀는 층계를 내려왔다. 그녀가 다가오자 난 긴장되어 속이 좋지 않았다. 발걸음 하나하나가 내 감정을 흔들었고 드디어 그녀가 문을 열었다. 그녀는 나를 보고도 전혀 반가워하지 않았다.

예전에 그녀는 나를 보면 아주 반가워했다. 지난주만 해도 그랬다. 나는 순진한 척, 그녀가 왜 그러는지 모르는 척했다.

"이거 좀 어색한데." 그녀가 말했다. "너하고는 말하고 싶지 않아."

"커피 한 잔 하고 싶어서 왔어." 내가 대답했다. 왜냐하면 그것이야말로 전혀 내가 원하지 않는 것이었기에. 나는 마치 커피 한 잔을 간절히 원하는 다른 사람이 보낸 전보를 읽듯 말했다.

"좋아." 그녀가 말했다.

나는 그녀를 따라 층계를 올라갔다. 모든 것이 어색했다. 그녀는 급히 옷을 입었기 때문에 아직 옷이 몸에 적응하지 못하고 있었다. 특히 엉덩이 쪽이 그랬다. 우리는 부엌으로 들어갔다.

그녀는 선반에서 인스턴트커피 병을 집어 식탁 위에 내려 놓았다. 그러고는 컵과 스푼을 그 옆에 놓았다. 나는 그것들을 바라보았다. 그녀는 냄비 가득 물을 받아 스토브에 올리고 가스 불을 켰다.

그러는 동안 그녀는 한 마디의 말도 없었다. 이제 그녀의 옷은 그녀의 몸에 적응되었다. 하지만 나는 아직 그녀에게 적응하지 못하고 있었다. 그녀는 부엌을 나갔다.

그러고는 아래층으로 내려가 우편물이 왔나 확인했다. 아까 보니 우편물은 없었다. 그녀는 2층으로 올라가 다른 방으로 들어갔다. 그러고는 문을 닫았다. 나는 스토브 위의 물을 바라보았다.

물이 끓으려면 1년도 더 기다려야할 것 같았다. 지금은 10월인데 스토브 위의 냄비에는 물이 너무 많았다. 그게 문제였다. 나는 물의 절반을 싱크대에 버렸다.

이제 물이 훨씬 빨리 끓겠지. 6개월 후면 끓을 거야. 집은 고요했다.

나는 집 뒤쪽을 바라보았다. 거기에 쓰레기 봉지들이 있었다. 나는 쓰레기를 바라보면서, 음식 용기와 껍질을 통해 그녀가 최근에 무엇을 먹었을까 추측해보려 했다. 하지만 아무것도 알아내지 못했다.

어느덧 지금은 3월이었다. 물이 끓기 시작했다. 그래서 나는 기뻤다. 나는 식탁을 바라보았다. 거기에는 인스턴트 커피 병과 컵과 스푼이 마치 장식장처럼 가지런히 놓여 있었다. 커피를 만드는 데에 필요한 것들이었다.

10분 후 커피를 마치 무덤처럼 내 뱃속에 넣은 후 그 집을 떠나면서 나는, "커피 고마웠어." 하고 말했다.

"천만에." 그녀가 대답했다. 그녀의 목소리는 닫힌 문 뒤에서 들려왔다. 그녀의 목소리도 또 다른 전보처럼 들렸다. 정말이지 이제 떠날 때가 된 것이다.

그날 나는 하루 종일 커피를 마시지 않고 지냈다. 그건 위로가 되었다. 저녁이 찾아왔다. 나는 식당에서 저녁을 먹고 술집에 갔다. 거기서 술을 마시며 사람들과 잡담을 했다.

우리는 술꾼이었고, 술집에서 으레 하는 잡담을 했다. 그걸 기억하는 사람은 없었다. 술집 문이 닫혔다. 새벽 2시였다. 나는 밖으로 나가야 했다. 샌프란시스코는 안개가 자욱했고 추웠다. 나는 호기심을 갖고 안개를 바라보았으며, 인간적이면서도 노출된 기분을 느꼈다.

나는 다른 여자를 만나러 가기로 결심했다. 지난 1년 동안은 가깝게 지내지 않은 여자였다. 하지만 한때는 아주 가까운 사이였다. 그녀가 지금은 나를 어떻게 생각하고 있을지 궁금했다.

그래서 그녀의 집으로 갔다. 그녀의 집에는 현관 벨이 없었다. 그건 작은 승리였다. 사람은 모든 작은 승리를 잊어서는 안 된다. 적어도 나는 그렇다.

그녀가 나타났다. 그녀는 내 앞에서 손에 옷을 들고 있었다. 나를 만난 것이 믿기지 않는 눈치였다. "왜 왔는데?" 이제 나를 만났다는 사실을 믿으며 그녀가 물었다. 나는 집 안으로 걸어 들어갔다.

그녀가 몸을 돌려 문을 닫을 때, 나는 그녀의 옆모습을 보았다. 그녀는 옷을 걸치지 않고 그냥 들고 있었다. 나는 그녀의 머리부터 발끝까지의 몸매를 보았다. 그건 좀 어색 했다. 아마도 밤이 너무 깊어서였을 것이다.

"왜 왔어?" 그녀가 물었다.

"커피 한 잔 마시려고." 내가 대답했다. 나는 전혀 커피를 마시고 싶지 않았기 때문에, 그건 그냥 웃기는 소리였다.

그녀는 나를 바라보며 몸을 약간 틀었다. 미국의학협회 AMA한테 가서 시간이 약이라고 말해야겠다는 생각이 들었다. 나는 그녀의 전신을 바라보았다.

"커피 한 잔 같이 하면 어떨까?" 내가 말했다. "너하고 이야기하고 싶어. 우리 오래 대화를 못했잖아."

그녀는 나를 바라보며 몸을 약간 틀었다. 나는 그녀의 전신을 바라보았다. 분위기가 별로 좋지 않았다.

"너무 늦었어." 그녀가 말했다. "난 아침에 일찍 일어나야 해. 커피 마시려면, 부엌에 인스턴트커피가 있어. 난 자러 가야 해."

부엌 불이 켜졌다. 나는 부엌을 바라보았다. 부엌에 가서 또 한 잔의 커피를 마실 생각은 없었다. 그렇다고 또 다른 여자의 집에 가서 커피를 달라고 하기도 싫었다.

나는 그날 내가 아주 이상한 순례자의 길을 걸었다는 사실을 깨달았다. 원래 그러려는 생각은 없었다. 적어도 식탁 위에 인스턴트커피가 하얀 빈 컵과 스푼 옆에 놓이게 되리라는 생각은 없었다.

봄이 되면 젊은 남자는 환상적인 사랑에 빠진다고 한다. 시간만 넉넉하다면, 그 남자의 환상에 커피 한 잔의 공간은 있을 것이다.

《미국의 송어낚시》의 잃어버린 챕터:
〈렘브란트 하천〉과 〈카르사지 싱크〉

이 두 챕터는 1961년 늦은 겨울이자 이른 봄에 내가 잃어버린 것들이다. 나는 그 두 챕터를 여기저기 찾아보았으나, 찾을 수가 없었다. 그것들이 사라졌을 때 왜 즉시 다시 쓰지 않았는지 정말 모르겠다. 그건 정말 수수께끼 같은 일이었지만 어쨌든 그렇게 하지 않았고, 이제 8년이 지나서 나는 다시 내가 스물여섯 살이었고 샌프란시스코의 그리니치빌리지에서 결혼해서 어린 딸을 두었으며, 미국의 비전에 대해 두 챕터를 썼으나 잃어버린 그 겨울로 되돌아가기로 결심했다. 혹시 그것들을 찾을 수 있을까 해서.

렘브란트 하천

렘브란트 하천은 그 이름처럼 보였고, 겨울이 매서운 외로운 시골에 위치하고 있었다. 그 하천은 소나무에 둘러싸인 고산지대에서 시작되었다. 고산지대는 그곳에서 유일하게 빛이 있는 곳이었는데, 목초지에 있는 몇 개의 실개천이 모아져서 시작된 그 하천은 산맥의 가장자리를 따라 흘러가며 소나무들을 지나 어두운 나무들이 뒤엉킨 골짜기로 들어가기 때문이었다.

그 하천은 야생의 송어들로 가득 차 있었는데, 그 송어들은 사람들이 지나다녀도 두려워하는 법이 없었다.

나는 고전적인 의미에서나 기능적인 의미에서 한 번도 거기에서 송어낚시를 한 적이 없었다. 내가 그 하천을 아는 유일한 이유는 곰 사냥을 갔을 때 거기에서 캠핑을 했기 때문이다.

그 하천은 내게 낚시하는 곳이 아니라, 캠핑하다가 필요하면 물을 얻는 곳이었다. 사실은 우리가 물을 충분히 갖고 갔기에 나는 대개 그 하천에서 설거지를 했는데, 그건 내가 10대 소년이었기 때문이다. 나보다 더 나이 많고 더 현명한 사람들은 사슴이 출몰하는 장소를 생각해내느라 또는 그 생각을 돕기 위해 위스키를 마시느라 바빴기 때문이다.

"꼬마야, 벌떡 일어나 이 접시들 설거지 좀 해라." 나이 많은 사냥꾼은 내게 그렇게 말하곤 했다. 나는 지금도 그의 목소리를 기억하고 있다.

때로 나는 렘브란트 하천이 별이 있는 곳까지 높이 올라가는 지붕이 있는, 세계에서 가장 큰 박물관이나 유성이 보이는 미술관에 걸려 있는 그림과 비슷할까 하고 생각한다.

딱 한 번 거기서 낚시질을 한 적이 있다.

내게는 낚시 도구가 없었고, 대신 30-30 윈체스터 라이플이 있었다. 그래서 나는 녹슬고 구부러진 못에다가 마치 내 어린 시절처럼 흰색 줄을 묶고, 사슴고기를 떡밥으로 삼아 송어를 잡으려고 했다. 정말이지 거의 잡을 뻔 했는데, 하필 끌어올리려는 찰나, 송어는 못에서 벗어나 렘브란트라는 이름의 화가의 이젤에 속한 17세기 그림 속으로 들어가버렸다.

카르사지 싱크

카르사지 강은 야생의 우물 같은 샘물에서 시작되었다. 그 강은 툭 터진 계곡을 통해 12마일 정도 도도히 흐르다가, 카르사지 싱크라는 곳에서 사라졌다.

그 강은 모두에게(하늘, 바람, 근처의 나무, 사슴, 그리고 별에게까지) 자기가 얼마나 위대한 강인가를 말하고 싶어했다.

"나는 지구에서 왔다가 지구로 돌아가는 격류다. 나는 내 물의 주인이다. 나는 나 자신의 아버지이자 어머니이다. 나는 비를 한 방울도 필요로 하지 않는다. 내 부럽고 강한 흰 근육을 보아라. 나는 나 자신의 미래다!"

카르사지 강은 수천 년 동안 그렇게 말해왔다. 말할 필요도 없겠지만 모두가(하늘까지도) 그 강에게 싫증을 냈다.

새와 사슴도 가능하면 그 지역을 피하려고 했다. 별들조

차도 거기에서는 기다리는 사냥감으로 축소되었고, 카르 사지 강을 제외하고는 바람도 불지 않았다. 거기 살고 있는 송어들도 강을 수치스럽게 여겼고, 죽을 때는 기뻐했다. 그 빌어먹을 강에서 사는 것보다 더 나쁜 일은 없었다.

어느 날 자기 자랑을 하려던 카르사지 강이 말라버렸다. "나는 내 물의 주인이다"라고 말하던 중 갑자기 멈추었다.

강은 믿을 수가 없었다. 수원에서 단 한 방울의 물도 더 나오지 않았고, 싱크는 곧 아이의 콧물처럼 뚝뚝 떨어지는 조그만 웅덩이로 축소되었다.

카르사지 강의 자긍심은 물의 아이러니 속에 사라졌고, 계곡의 분위기는 좋아졌다. 갑자기 새들이 사방에서 다시 날아다니고 행복한 시선으로 바라보았으며 큰 바람도 불어 왔다. 그날 밤에는 별들도 일찍 나와서 구경하며 행복한 미 소를 지었다.

몇 마일 떨어진 근처 산들에서는 여름 폭풍우가 왔고, 카 르사지 강은 비에게 어서 와서 구해달라고 빌었다.

"제발." 강은 속삭임의 그림자 같은 연약한 소리로 말했 다. "도와줘요. 송어 때문에 물이 필요해요. 송어가 죽어가 고 있어요. 가엾은 송어들을 보세요."

폭풍우는 송어들을 바라보았다. 곧 죽게 되는데도 송어 들은 행복해하고 있었다.

폭풍우는 아이스크림 냉동고가 고장나서 그걸 고치려면

비가 많이 필요한 할머니를 방문해야 한다는 믿기 어려울 만큼 멋진 이야기를 만들어냈다. "몇 달 내로 올게. 오기 전에 전화할게."

다음 날인 1921년 8월 17일 수많은 마을 사람들이 차를 타고 나와 옛 강의 모습을 구경하면서, 고개를 흔들며 의아해 했다. 그들은 피크닉 바구니를 많이 들고 왔다.

지방 신문은 한때 우물과 카르사지 강의 싱크였던 두 개의 텅 빈 구멍을 찍은 사진과 함께 그 뉴스를 기사로 실었다. 그 두 구멍은 콧구멍 같았다.

또 다른 사진은 한 손에 우산을 들고 다른 손으로는 카르사지 싱크를 가리키면서 말 위에 앉아 있는 카우보이의 사진이었다. 카우보이는 매우 진지해 보였다. 그 사진들은 사람들을 웃게 만들기 위한 것이었는데, 과연 사람들은 그걸 보고 웃었다.

자, 이제 여러분은 《미국의 송어낚시》의 잃어버린 두 챕터를 다시 갖게 되었다. 이제 나는 서른네 살이고 스타일이 변했기 때문에 문체 또한 조금 달라졌을 것이다. 내가 왜 1961년에 그것들을 다시 쓰지 않고 거의 10년 후인 1969년 12월 4일까지 기다렸다가 이제야 과거로 돌아가 그것들을 다시 가져왔는지는 불가사의다.

샌프란시스코의 날씨

　이탈리아인 정육점 주인이 늙은 여자에게 고기 1파운드 (453그램)를 판 것은 어느 흐린 날 오후였는데, 그렇게 늙은 여자가 1파운드의 고기로 무엇을 하려 했는지는 알 수 없다.

　그렇게 많은 고기를 사기에 그 여자는 너무 늙었다. 아마도 그 노파는 벌집을 위해 그걸 샀고, 집에는 그 고기를 기다리고 있는, 몸에 꿀을 바른 벌들이 기다리고 있었는지도 모른다.

　"오늘은 어떤 고기를 원하세요?" 정육점 주인이 물었다. "썩 좋은 햄버거 용 고기가 있는데요. 기름기 없는 살코기예요."

　"글쎄요." 노파가 대답했다. "햄버거가 필요한 건 아니에요."

"기름기 없는 살코기인데요. 내가 직접 갈았답니다. 살코기를 많이 넣었어요."

"햄버거는 아니에요." 노파가 말했다.

"그래도요." 정육점 주인이 말했다. "오늘은 햄버거에 어울리는 날이에요. 밖을 보세요. 날이 흐리잖아요. 저 구름들은 비를 머금고 있답니다. 나 같으면 햄버거로 하겠어요."

"아니에요." 노파가 말했다. "난 햄버거를 원하지 않아요. 그리고 비가 올 것 같지도 않고요. 오히려 해가 떠서 좋은 날씨가 될 것 같은데요. 난 간 1파운드가 필요해요."

정육점 주인은 망연자실했다. 그는 노파에게 간을 팔고 싶지 않았다. 뭔가가 그의 신경을 거슬렀다. 하지만 그는 노파에게 너 말하고 싶지 않았다.

그는 마지못해 간 1파운드를 썰어서 흰 종이에 싸서 갈색 봉투에 넣었다. 대단히 기분 나쁜 경험이었다.

그는 돈을 받고 거스름돈을 내준 다음, 가금류 진열대로 가서 기분전환을 하려고 했다.

노파는 자신의 뼈를 돛처럼 이용해서 밖으로 나가 길거리로 들어섰다. 그녀는 승리자처럼 의기양양하게 간을 들고 가파른 언덕 아래로 걸어갔다.

그녀는 몹시 늙었고 언덕을 올라가는 것이 힘들었다. 지친 노파는 언덕 꼭대기까지 가기 전에 여러 번 쉬어야 했다.

노파의 집은 언덕 꼭대기에 있었다. 흐린 날이면 반사되는 해안의 만을 바라볼 수 있는 창문이 달린 전형적인 샌프란시스코 집이었다.

노파는 작은 가을 들판처럼 보이는 지갑을 열었고, 오래된 사과나무에서 떨어진 나뭇가지 근처에서 열쇠를 찾았다.

노파는 문을 열었다. 문은 믿음직한 친구였다. 노파는 문에 목례를 하고 집으로 들어가서 긴 복도를 걸어 벌이 가득한 방으로 들어갔다.

방은 벌로 가득 차 있었다. 의자 위에도 벌들이 있었고, 죽은 부모의 사진틀 위에도 벌들이 있었으며, 커튼에도 벌들이 붙어 있었다. 1930년대 들었던 라디오에도 벌들이 있었고, 그녀의 빗과 솔에도 벌들이 있었다.

노파가 꾸러미를 풀고 간을 꺼내, 해가 뜨면 곧 색이 변하는 흐릿한 은쟁반 위에 놓는 동안, 벌들은 다정하게 노파의 주위로 몰려들었다.

복잡한 은행 문제

뒷마당에 돈을 묻는 것에도 싫증이 난 데다 어떤 일까지 일어나서 나는 은행 계좌를 만들었다. 수년 전에 돈을 묻다가 인간의 유해와 맞닥뜨렸던 것이다.

그 유해는 한 손에는 삭아버린 삽의 파편을, 다른 손에는 반쯤 녹아버린 커피 깡통을 들고 있었다. 그 커피 깡통에는 한때 돈이었던 것처럼 보이는 녹슨 금속물질이 가득 차 있어서 나는 은행 계좌를 열기로 했다.

대부분의 경우 계좌 운용은 문제가 있었다. 내가 줄을 서 있을 때마다 내 앞의 사람들은 거의 항상 복잡한 은행 업무를 보곤 했다. 그러면 나는 거기 하염없이 서서, 만화 같은 미국의 재정적 십자가형을 견뎌야 했다.

대개는 이런 식이었다. 내 앞에 세 사람이 있었다. 나는 소액의 수표를 현금으로 바꾸기만 하면 되었다. 고작 몇 분이면 끝날 일이었다. 수표는 이미 서명도 되어 있었고, 은행 직원 쪽을 향해 내민 내 손에 있었다.

현재 은행 일을 보고 있는 손님은 쉰 살쯤 되는 여자로서 더운데도 긴 검정 코트를 입고 있었다. 그 여자는 코트가 편한 것 같았고, 이상한 냄새가 났다. 몇 초 동안 생각해 본 후, 나는 이건 복잡한 은행 업무 문제의 첫 징조라는 사실을 깨달았다.

그 여자는 코트의 접힌 부분으로 손을 뻗더니 쉬어빠진 우유와 몇 년은 된 것 같은 당근으로 가득 찬 냉장고 비슷한 것을 꺼냈다. 그것들을 자기 계좌에 저축하려는 것이었다. 입금표도 이미 써놓았다.

나는 은행의 천장을 바라보며, 그곳이 시스틴 성당인 척했다.

나이 든 여자는 한참이나 몸싸움을 한 끝에 끌려 나갔다. 바닥에는 피가 흥건했다. 여자가 경비원의 귀를 물어뜯은 것이다.

그녀의 용기는 가상했다.

내 손에 있는 수표는 겨우 10달러짜리였다.

내 앞에 있던 두 사람은 사실 한 사람이었다. 그들은 샴쌍둥이였지만 각기 다른 계좌를 갖고 있었다.

한 사람은 자기 계좌에 82달러를 입금하려 했고 다른 사람은 계좌를 없애려고 했다. 은행원은 3,574달러를 세어서 그에게 주었고 그는 바지 주머니에 돈을 넣었다.

이 또한 시간이 걸리는 일이었다. 나는 은행의 천장을 하염없이 바라보았지만, 이번에는 그곳이 시스틴 성당인 척 할 수는 없었다. 내 손의 수표는 마치 1929년에 씌어진 것처럼 땀에 젖었다.

드디어 나와 은행원 사이에 선 사람은 보통 사람이었다. 너무나 평범해서 마치 거기 없는 사람처럼 보였다.

그런데 그자는 자기 당좌수표 계좌에 237개의 수표를 입금하려고 했다. 모두 489,000달러였다. 거기다가 자기 저축통장 계좌에다가는 611개의 수표를 입금하려 했다. 그긴 모두 1,754,961 달러나 되었다.

그자의 수표는 마치 계속되는 눈폭풍처럼 은행 창구를 뒤덮었다. 은행원은 장거리 주자처럼 천천히 그 일을 처리하기 시작했고, 나는 거기 서서 천장을 바라보며, 결국 그 뒷마당의 유골이 올바른 결정을 한 것이라는 사실을 깨달았다.

싱가포르의 고층빌딩

내가 참담한 심정으로, 내 정신이 수성펜처럼 효율적으로 작동하는 것을 지켜보며 샌프란시스코의 거리를 걸어가고 있을 때, 샌프란시스코의 유일한 아름다움을 지탱해주는 것은 싱가포르의 고층빌딩이다.

한 젊은 엄마가 말을 하기에는 아직 너무 어린 딸에게 이야기를 하면서 걸어가고 있었는데, 그래도 그 딸아이는 엄마에게 뭔가를 열심히 재잘거리고 있었다. 그 여자아이가 너무 어려서 나는 무슨 말을 하는지 알아들을 수 없었다.

그 애는 정말 작았다.

그런데 그 엄마의 말이 그날 내 하루를 반짝이게 해주었다. "그건 싱가포르의 고층빌딩이었단다"라고 엄마가 딸에게 대답했다. 그러자 그 어린 딸이 반짝거리는 동전처럼 대답하는 것이었다. "그래요, 그건 싱가포르의 고층빌딩이었어요!"

35밀리 필름의 무제한 공급

사람들은 왜 그가 그 여자와 같이 있는지를 이해하지 못했다. 정말이지 이해할 수 없었다. 그는 아주 미남이었지만, 그 여자는 그렇지 못했다. "도대체 그는 그 여자에게서 뭘 본 거야?" 그들은 서로 묻곤 했다. 여자가 요리를 못했기에, 그가 그녀의 요리솜씨에 반한 것은 아니었다. 그녀가 요리할 수 있는 것이라곤 그렇고 그런 미트로프뿐이었다. 그 여자는 매주 화요일 밤에 요리했고, 그 남자는 매주 수요일 점심에 미트로프 샌드위치를 먹었다. 수년 후, 애정에 금이 간 후에도 그들은 같이 살았다.

다른 경우에도 그렇듯 답은 그들이 사랑을 나누는 침대에 있었다. 그녀는 침대에서 그가 보여주는 에로영화를 상영하는 '극장'이었다. 그녀의 몸은 모든 여자들과 섹스하고 싫어하는 그가 퀵 실버 영화에서 보고 원했던, 그의 상상력의 따뜻한 스크린인 여자의 음부를 향해 전진하는 리빙 시어터'의 유연한 관객석 같았다. 하지만 그 여자는 그 사실을 전혀 모르고 있었다.

그녀가 아는 거라곤 자신이 그 남자를 엄청 사랑한다는 것과, 그 남자가 언제나 자기를 만족시킨다는 것 정도였다. 그녀는 오후 4시만 되면 흥분하기 시작했는데, 5시에 그 남자가 퇴근해 집에 오기 때문이었다.

그는 그녀와 섹스할 때, 그녀의 몸 안에서 수백 명의 다른 여자를 상상했다. 그 여자는 그 남자의 애무에 만족해하는 단순한 극장처럼 거기 누워서 그 남자만을 생각했다.

"도대체 그는 그 여자에게서 뭘 본 거야?" 사람들은 수군거렸다. 그들은 뭘 몰랐다. 결론은 간단했다. 모든 것은 그 남자의 머릿속에 있었다.

* 관객 참여 연극

핏빛 다툼

"바이올린을 배우는 남자와 새너제이의 원룸에서 같이 사는 건 정말이지 힘들답니다." 그녀가 탄창이 빈 연발권총을 경찰에게 건네면서 한 말이었다.

천국의 야생 새들

나는 차라리 어두운 구덩이에서 살래
해가 비치지 않는 곳에서,
내 신음을 하늘의 야생 새들이
듣지 못하는 곳에서.
_민요

그렇다. 아이들은 몇 주째 텔레비전이 잘 안 나온다며 불평해왔다. 우선 화면이 나오지 않았고, 시인 존 던이 그토록 달콤하게 이야기하던 어두운 죽음이 모서리에서부터 점차 퍼져가고 있었으며, 스크린에는 가로줄들이 술 취한 공동묘지처럼 춤추고 있었다.

헨리 씨는 단순한 미국인이었지만 그의 아이들은 그야말

로 속수무책이었다. 그는 죽은 자들을 산 자들로부터 분리하는 보험회사 직원이었다. 그의 캐비닛은 죽은 자들에 대한 서류로 가득 차 있었다. 사무실의 모두가 헨리의 미래는 밝다고 말했다.

어느 날, 퇴근해서 집에 돌아오자 아이들이 그를 기다리고 있었다. 아이들은 그에게 최후통첩을 했다. 새 텔레비전을 사주든지, 아니면 자식들이 청소년 범법자가 되는 것을 보든지.

아이들은 그에게 청소년 다섯 명이 나이 든 여자를 성폭행하는 사진을 보여주었다. 그중 한 놈은 여자의 머리를 자전거 체인으로 때리고 있었다.

헨리 씨는 즉시 아이들의 요구를 들어주기로 했다. 그 사진만 치우면 뭐든지 해주기로 말이다. 그러자 그의 아내가 들어와서 아이들이 태어난 후 그에게 한 말 중 가장 친절한 말을 했다. "아이들에게 새 텔레비전을 사준다고? 당신 뭐야, 인간괴물이야?"

이튿날 헨리 씨는 프레데릭 크로우 백화점 앞에 서서 창문에 붙은 커다란 광고를 보았다. 광고에는 다음과 같은 시적인 문구가 쓰여 있었다. 'TV 세일 중'.

그는 안으로 들어가자마자 모든 것이 내장된 42인치 텔레비전을 발견했다. 점원이 와서 인사 한마디로 쉽게 물건을 팔았다.

"안녕하세요."

"이걸 사겠소."

"현금인가요, 크레디트 구매인가요?"

"크레디트 구매요."

"우리 백화점 크레디트카드를 갖고 계신가요?" 점원은 헨리 씨의 발을 바라보았다. "안 가지고 계시는군요." 그가 말했다. "이름과 주소만 말씀해주시면 댁에 돌아가시는 순간, 배달이 완료될 겁니다."

"크레디트는 어쩌고요?"

"문제없습니다." 점원이 말했다. "저희 크레디트 부서가 고객님을 기다리고 있습니다."

"오, 그래요?" 헨리가 말했다.

점원은 크레디트 부서로 가는 길을 가리켰다.

"지금 기다리고 있습니다."

점원의 말대로였다. 책상에는 아름다운 아가씨가 앉아 있었다. 텔레비전 광고와 담배 광고에 나오는 모든 아름다운 여자들을 합해놓은 여자 같았다.

와우! 헨리 씨는 담배를 꺼내 불을 붙였다. 적어도 그는 바보는 아니었다.

여자는 미소 지으며 말했다. "무엇을 도와드릴까요?"

"크레디트로 텔레비전을 사려고 하는데요. 이 백화점에서 신용카드를 만들려고요. 난 안정된 직장이 있고 세 아이가 있으며 집과 자동차를 크레디트로 사서 갚고 있어요. 내 크레디트는 아주 좋답니다." 그가 말했다. "이미 25,000달러를 신용대출 중이지요."

헨리 씨는 그녀가 전화를 걸어 자기 신용을 확인하거나 25,000달러의 대출에 대한 사실 여부를 확인할 거라고 생각했다.

그러나 그녀는 그러지 않았다.

"아무 걱정 하지 마세요." 그녀가 말했다. 그 목소리는 달콤했다. "텔레비전은 손님 거나 다름없어요. 저기로 들어가시지요."

그녀는 기분 좋게 생긴 문이 달린 방을 가리켰다. 멋진 문이었다. 무거운 나무로 된 문이었는데, 판자 사이로 사막의 일출을 가로질러 달리는 지진이 모래 사이로 만드는 쪼개진 틈 같은 오돌토돌한 무늬가 깔려 있었다. 그리고 그 오돌토돌한 곳에는 빛이 가득했다.

문손잡이는 순은으로 되어 있었다. 헨리 씨가 언제나 열어보고 싶던 문이었다. 바다에서 수백만 년이 흐르는 동안 헨리의 손은 그런 문을 꿈꾸어왔다.

문 위에는 명패가 붙어 있었다. '블랙스미스'라는 명패가.

그가 문을 열고 들어가자 한 남자가 그를 기다리고 있었다. "신발을 벗으세요." 그 남자가 말했다.

"난 서류에 사인하러 왔는데요." 헨리 씨가 말했다. 난 좋은 직장이 있어요. 기한 내에 갚을 겁니다."

"걱정 마세요." 남자가 말했다. "우선 신발을 벗어주세요."

그래서 헨리 씨는 신발을 벗었다.

"양말도요."

그는 양말도 벗었지만, 그걸 이상하게 생각하지는 않았다. 어차피 텔레비전을 살 돈이 없었으므로. 마룻바닥은 그리 차갑지 않았다.

"키가 얼마나 되시나요?"

"5피트 11인치(180센티미터)요."

그는 서류 캐비닛으로 가더니, 5-11이라고 써진 서랍을 열었다. 그리고 비닐봉지를 꺼내더니 서랍을 닫았다. 헨리 씨는 좋은 농담이 생각났지만, 곧 잊어버렸다.

남자는 비닐봉지를 열더니 거대한 새의 그림자를 꺼냈다. 그는 마치 그것이 바지라도 되는 것처럼 그림자를 접었다.

"그게 뭐죠?"

"새의 그림자요." 남자는 헨리 씨가 앉아 있는 곳으로 가서 그의 발 옆에 그림자를 깔았다.

그런 다음, 그는 이상하게 생긴 망치를 꺼내더니 헨리 씨의 몸에 단단하게 고정되어 있는 그림자에서 못을 빼냈다. 남자는 그림자를 조심스럽게 접더니 헨리 씨 옆의 의자에 올려놓았다.

"지금 뭐 하시는 겁니까?" 헨리 씨가 물었다. 그는 두렵지는 않았지만 호기심이 생겼다.

"새 그림자를 입히는 것이지요." 남자는 그렇게 대답하고 새의 그림자를 헨리의 발에 못질했다. 아프지는 않았다.

"자 다 되었어요." 남자가 말했다. "이제 고객님은 텔레비전 대금을 24개월 동안 상환해야 합니다. 다 갚으면 우리가 그림자를 바꾸어드립니다. 고객님께 잘 어울리는데요?"

헨리 씨는 자신의 몸에 연결되어 있는 새의 그림자를 바라보았다. 별로 나쁘지 않군, 하고 헨리 씨는 생각했다.

그가 떠날 때, 조금 전의 예쁜 여자가 말했다. "이런, 멋지게 변하셨네요."

헨리 씨는 그녀가 그렇게 말하는 것이 기분 좋았다. 수년의 결혼생활을 겪으며 그는 그동안 섹스가 무엇인지 잊고 살고 있었다.

주머니에서 담배를 찾았으나, 이미 다 피워버리고 없었다. 그는 당혹스러웠다. 여자는 마치 헨리 씨가 뭔가 잘못했다는 눈초리로 그를 보았다.

겨울 양탄자

자격증? 물론 갖고 있지. 자, 여기 있어. 내게는 캘리포니아에서 죽은 친구들이 있고 그들을 위해 슬퍼하고 있어. 나는 포레스트 론에도 간 적이 있고 아이처럼 열심히 뛰어놀기도 했지. 나는 《사랑받는 사람》과 《미국식 죽음》, 《수의 속의 지갑》, 그리고 내가 제일 좋아하는 책인 《수많은 여름이 지나고 백조는 죽다》를 읽었어.

나는 장의사 앞에서 마치 형이상학적 전쟁터에 나온 장교들처럼 워키토키로 장례절차를 지시하며 영구차 옆에 서 있는 남자들을 보았어.

오, 그래. 나는 언젠가 친구와 샌프란시스코의 싸구려 호텔을 지나쳐 걷고 있었는데, 사람들이 호텔에서 시체를 들고 나왔지. 그 시체는 하얀 시트에 싸여 있었고 네댓 명의 중국인 엑스트라들이 바라보고 있었으며 천천히 움직이는 앰뷸런스가 밖에 주차되어 있었는데, 그건 사이렌도 못 울리고 시속 37마일 이상은 못 달리며 주행 시 절대 공격적으로 운전하면 안 되는 차였어.

남자인지 여자인지 알 수 없는 시체가 옆으로 지나가자 내 친구가 말했다. "저 호텔이라면 죽는 것이 사는 것보다 한 단계 향상되는 셈이겠군."

여러분도 알다시피 나는 캘리포니아에서 죽음 전문가이고, 내 자격은 최고 수준이야. 그래서 나는 마린 카운티에서 살고 있는 나이 많은 부자 노파의 정원사인 내 친구가 들려준 이야기를 계속할 자격이 있어. 그 여자는 열아홉 살 먹은 개를 엄청나게 사랑했는데, 그 개는 노망이 들어 천천히 죽어감으로써 사랑에 보답했지.

내 친구가 일하러 갈 때마다 개는 조금씩 더 죽음에 가까이 가고 있었어. 열아홉이면 개로서는 죽을 나이가 훨씬 지난 셈인데, 그 개는 너무 오래 죽어가다 보니 그만 죽는 방법을 잊어버린 거지.

이 나라의 수많은 노인들에게도 그런 일이 일어나고 있어. 그들은 너무 늙었고 너무 오랫동안 죽음과 더불어 살다 보니, 막상 죽어야 할 때가 되면 죽는 방법을 잊어버리지.

때로 노인들은 수년 동안이나 노망이 난 채 살고 있는데, 그들을 지켜보는 것은 끔찍한 일이야. 그러다가 끝내 자기 자신의 피의 무게에 짓눌리어 죽게 되는 거지.

어쨌든, 그 부자 노파는 자신의 개가 치매로 고통받는 것을 견딜 수 없어서 마침내 어느 날 수의사를 불러 안락사를 시키려고 했어.

그 여자는 내 친구에게 개를 위해 관을 만들어달라고 했고, 내 친구는 그게 캘리포니아에서 정원사로 일하는 법적 의무 중 하나라고 생각되어 그리했다더군.

수의사는 그녀의 저택에 조그만 검은 가방을 들고 왔어. 그건 잘못된 일이었지. 커다란 파스텔 가방을 갖고 왔어야 했어. 부자 노파는 그 조그만 검은 가방을 보자 눈에 띄게 얼굴이 창백해졌어. 불필요한 현실에 겁을 먹은 노피는 수수료를 두둑이 주고는 수의사를 보내버렸어.

슬프게도 수의사를 보내버린다고 문제가 해결되는 것은 아니었어. 그 개는 너무 노망기가 심해서 죽음이 삶의 일부가 되었고, 그래서 어떻게 죽어야 하는지를 몰랐어.

이튿날 그 개는 방구석으로 들어간 다음 나올 방법을 찾지 못했어. 그래서 거기 몇 시간이나 서 있다가, 노파가 마침 롤스로이스 열쇠를 찾으려고 방에 들어왔을 때 지쳐서 쓰러졌지.

방구석에 물웅덩이처럼 쓰러져 있는 개를 보고 그 여자는 울었어. 개의 얼굴은 벽에 눌려 있었고 마치 사람처럼 눈에서 눈물을 흘리고 있었는데, 개가 가진 최악의 특성 중 하나가 사람하고 너무 오래 살다 보면 사람을 닮는다는 것이지.

그녀는 하녀를 시켜서 개를 개 전용 양탄자에 눕혔어. 그 양탄자는 중국산이었는데, 장개석 정부가 중국에서 몰락한 후, 그 개가 강아지 때부터 잠을 잔 양탄자였지. 한두 왕조 전에 만들어진 거라 천 달러 정도의 가치가 있는 양탄자였어.

지금 그 양탄자는 훨씬 더 값이 나가겠지. 성에서 200년 동안 보관되어 있었고, 상태가 아주 좋으니 말이야.

그녀는 다시 수의사를 불렀고, 수의사는 다시 작고 검은 요술 가방과 너무 오랫동안 죽음을 잊고 살아서 방구석에서조차 빠져나오지 못하는 개를 다시 죽음으로 데려가는 비결을 갖고 왔지.

"개는 어디 있나요?" 수의사가 물었어.

"양탄자 위에 있어요." 그녀가 대답했지.

지칠 대로 지친 개는 또 다른 세상에서 온 아름다운 중국 꽃 위에 쓰러져 있었어.

"양탄자 위에서 작업하세요." 그녀가 말했어. "개도 그걸 원할 거예요."

"그럼요." 수의사가 대답했어. "걱정 마세요. 아무것도 느끼지 못할 겁니다. 고통이 없거든요. 잠드는 것과 같아요."

"잘 가라, 찰리." 노파가 말했어. 물론 개는 그 말을 듣지 못했지. 1959년 이래 귀가 먹었으니까.

개에게 작별인사를 한 다음, 노파는 침대로 갔지. 수의사가 작고 검은 가방을 열 때 그녀는 방을 떠났어. 수의사는 도움이 필요했어.

내 친구는 개를 넣을 관을 가져왔고, 하녀가 개를 양탄자로 쌌어. 노파는 개를 양탄자로 싼 다음 중국이 있는 서쪽으로 머리를 향하게 해서 묻으라고 지시했어. 그러나 내 친구는 개의 머리가 로스앤젤레스를 향하게 해서 묻었지.

관을 밖으로 내어가면서 내 친구는 천 달러짜리 양탄자를 슬쩍 훔쳐보았지. 아름다운 디자인이군, 하고 그가 중얼거렸어. 진공청소기로 손질하면 새것 같을 텐데.

내 친구는 감상주의자는 아니었어. 그래봐야 멍청한 죽은 개일 뿐인데! 무덤에 가까이 가면서 그는 중얼거렸어. 빌어먹을 죽은 개일 뿐인데!

"하지만 난 그대로 했어." 내 친구가 말했어. "그 개를 양탄자에 싼 채로 묻었어. 나도 이유를 모르겠어. 아마 영원히 자문하게 될 거야. 때때로 겨울에 비가 올 때면, 개를 싼 무덤 속 그 양탄자를 생각하곤 해."

어니스트 헤밍웨이의 타이피스트

그건 마치 종교음악처럼 들렸다. 내 친구 하나가 막 뉴욕에서 돌아왔는데, 거기서 어니스트 헤밍웨이의 타이피스트가 그의 작품을 타이핑해주었다고 했다.

그는 성공적인 작가였고, 그래서 뉴욕에 가서 어니스트 헤밍웨이의 타이피스트를 만나 타이핑 서비스를 받는 최상의 일을 경험하게 되었다. 놀랄 만한 일이었고, 허파에 침묵을 대리석처럼 수놓을 만한 일이었다.

어니스트 헤밍웨이의 타이피스트라니!

그녀는 모든 젊은 작가들의 꿈이었다. 마치 하프를 타듯 우아하게 움직이는 그녀의 손, 원고를 바라보는 완벽하고 강렬한 시선, 그리고 심오한 타이핑 소리.

그는 시간당 15달러를 지불했다. 그건 배관공이나 전기

공의 보수보다도 더 많은 액수였다

타이피스트에게 하루에 120달러라니!

그는 그녀가 모든 것을 다 해주었다고 말했다. 그저 원고를 넘기기만 하면 그녀가 철자 점검이며 구두점을 너무나 아름답게 처리해서 그걸 보면 눈물이 나게 되고, 그녀가 만든 문단은 우아한 그리스 신전처럼 보이며, 그녀의 문장은 완벽했다고.

그녀는 헤밍웨이의 소유였다.

그녀는 헤밍웨이의 타이피스트였다.

샌프란시스코 YMCA에 바치는 경의

옛날 옛적 샌프란시스코에 인생의 세련된 것, 특히 시를 좋아하는 남자가 있었다. 그는 멋진 운문을 좋아했다.

그가 자기 취미에 몰입해서 살 수 있었던 이유는 직장을 갖고 일할 필요가 없었기 때문이었는데, 이는 1920년대에 그의 할아버지가 남부 캘리포니아에서 상당한 흑자를 내고 있는 사립 정신병원에 투자한 것이 크게 성공해서 그가 상당한 연금을 받고 있기 때문이었다.

흑자를 내고 있는 그 병원은 타자나 외곽의 샌 페르난도 밸리에 있었다. 그곳은 정신병원처럼 보이지 않는 곳이었다. 온통 장미꽃으로 둘러싸여 있었기 때문이다.

매달 1일과 15일이면 병원에서 수표가 왔는데, 우체국이 쉬는 날에도 왔다. 그는 퍼시픽 하이츠에 멋진 집을 갖고 있었고, 바깥에 나가 더 많은 시를 사 오곤 했다. 물론 시인을 개인적으로 만나는 일은 없었다. 그건 그에게 너무 과한 일이었다.

어느 날 그는 단지 시를 읽고 축음기로 시인의 낭송을 듣는 것만으로는 자신의 시 사랑을 충분히 표현할 수 없다고 느꼈다. 그는 집의 배관을 갖고 나가서 시로 교체하겠다고 결심했고, 실제로 그렇게 했다.

그는 수돗물을 잠그고 수도관을 갖고 나가서 시인 존 던으로 교체했다. 수도관은 행복해 보이지 않았다. 그는 또 욕조를 들어내고 대신 윌리엄 셰익스피어를 들여놓았다.

그는 부엌 싱크대를 들어내고 에밀리 디킨슨을 들여놓았다. 싱크대는 놀라서 그를 노려볼 뿐이었다. 그는 화장실의 세면대를 들어내고 블라디미르 마야콥스키를 들여놓았다. 화장실 욕조는 물이 단수되었음에도 눈물을 흘렸다.

그는 온수 히터를 들어내고 마이클 맥클류의 시를 들여놓았다. 온수 히터는 미치기 일보직전이었다. 마지막으로 그는 화장실 변기를 들어내고 이름 없는 시인들을 들여놓았다. 변기는 이 나라를 떠야겠다고 생각했다.

이제 그는 자기가 해놓은 놀랄만한 작업의 달콤한 열매를 맛보기로 했다. 그가 해놓은 일에 비하면, 크리스토퍼 콜럼버스가 서쪽으로 항해한 것은 하찮은 것이었다. 그는 다시 물을 틀고 자신의 비전이 현실화된 것을 관찰했다. 그는 행복했다.

"목욕을 해야지." 그는 자신의 성취를 축하하기 위해 말했다. 그는 윌리엄 셰익스피어에서 목욕하려고 마이클 맥클류를 데우려 했다. 그런데 실제로 일어난 일은 그가 생각했던 것과는 달랐다.

"그럼 설거지나 하지, 뭐." 그는 말했다. 그는 〈나는 발효되지 않은 술을 맛보았다〉에다 접시를 넣고 씻으려고 했는데, 그 술과 싱크대가 사뭇 다르다는 것을 발견했다. 그는 점점 절망에 빠졌다.

그는 화장실 변기를 사용하려 했지만 이름 없는 시인들은 전혀 작동하지 않았다. 그가 변기에 앉아 일을 보려 하자, 시인들은 자신들의 경력에 대해 불평을 늘어놓기 시작했다. 그중 한 시인은 순회 서커스에서 본 펭귄에 대한 소네트를 197개나 썼다. 그 시인은 퓰리처상을 받을 수 있다고 느꼈다.

별안간 남자는 시가 배관을 대체할 수는 없다는 것을 깨달았다. 사람들이 말하는 환한 빛을 보게 된 것이다. 그는 즉시 시를 들어내고 수도관을 들여놓은 다음, 싱크대와 욕조와 온수 히터와 변기도 다시 들여놓기로 결심했다.

"내 계획대로 되지 않는군." 그가 말했다. "배관을 다시 들여야겠어. 시를 들어내고." 실패의 환한 빛에 그가 벌거벗고 선 것은 당연했다.

그러자 그는 전보다 더한 문제에 봉착했다. 시는 나가려 하지 않았다. 시는 전에 배관이 차지했던 자리를 차지하기를 즐겼다.

"난 멋진 부엌 싱크대 같아." 에밀리 디킨슨의 시가 말했다.

"우린 훌륭한 변기 같고." 이름 없는 시인들이 말햇다.

"난 완벽한 온수 히터야." 마이클 맥클류의 시가 말했다.

블라디미르 마야콥스키는 화장실에서 새로운 수도꼭지, 고통을 넘어서는 수도꼭지를 노래했고 윌리엄 셰익스피어는 그저 미소 짓기만 했다.

"너희는 멋지기는 하지만……." 남자가 말했다. "난 이 집에 진짜 배관을 원해. 내가 '진짜'라는 말을 강조하는 것 봤지? 진짜가 필요해! 시로는 안 돼. 현실을 직시해."

하지만 시는 떠나기를 거부했다. "우린 여기 있을 거야!" 그는 경찰을 부르겠다고 말했다. 그러자 시는 변함없는 목소리로 말했다. "그래, 우리를 가두어봐, 이 무식한 놈아!"

"소방서를 부를 거야!"

"책을 태우는 놈아!"

그는 시와 싸우기 시작했다. 그가 누군가와 싸운 것은 그때가 처음이었다. 그는 에밀리 디킨슨의 시의 코를 발로 찼다.

마이클 맥클류와 블라디미르 먀야콥스키의 시는 뚜벅뚜벅 걸어와서, 영어와 러시아어로 "그런 식으로는 안 되지"

라고 말하면서 그 남자를 계단 아래로 던져버렸다. 그래서 그 남자는 포기했다.

그건 2년 전의 이야기였다. 그 남자는 지금 샌프란시스코의 YMCA에서 살고 있는데, 거기를 좋아했다. 그는 그 누구보다도 더 오랜 시간을 화장실에서 보냈다. 그 남자는 밤이면 화장실에 가서 불을 끈 채 혼자 중얼거리곤 했다.

예쁜 사무실

내가 처음 그곳을 지나갔을 때 거긴 그냥 보통 사무실에 지나지 않았다. 책상과 타자기와 서류 캐비닛이 있고 전화 벨이 울리고 사람들이 전화를 받는 그런 곳 말이다. 거기에 는 여섯 명의 여직원이 있었는데, 그들은 미국의 직장에서 일하는 수백만 명의 다른 사무실 직원과 다르지 않았으며 예쁘지도 않았다.

그 사무실에서 일하는 남자들은 모두 중년이었는데, 젊 었을 때 미남이었으리라는 아무런 표식도 없었다. 그저 한 번 보고는 이름을 잊어버리게 되는 보통 사람들이었다.

그들은 사무실에서 자기들이 해야 하는 일을 했다. 문이 나 창에도 무엇을 하는 사무실인지 알려주는 표시가 없어 서, 나는 그들이 무엇을 하는지 도저히 알 수가 없었다. 아마도 다른 곳에 있는 대형 회사의 지점인지도 몰랐다.

사람들은 모두 자기가 하는 일이 무엇인지 잘 알고 있는 것 같아서, 나는 출퇴근 시 하루 두 번 거기를 지나가면서도 별 관심을 갖지 않았다.

1년 남짓이 지났지만, 그 사무실은 아무런 변함이 없었다. 사람들도 여전히 똑같았고, 무언가를 하고 있었다. 그곳은 우주의 다른 공간과 다를 바 없었다.

그러던 어느 날 출근길에 보니 그곳에서 일하던 모든 여자들이 사라졌다. 마치 한꺼번에 다른 직장으로 옮긴 듯이.

그들은 흔적조차 없이 사라져버렸다. 그 대신 거기에는 여섯 명의 예쁜 여자들이 있었다. 금발머리, 갈색머리, 각양각색의 예쁜 얼굴과 몸매의 여자들이 멋진 옷을 입고 여성적 매력을 풍기고 있었다.

커다란 젖가슴도 있었고 작고 기분 좋은 젖가슴도 있었으며 유혹적인 엉덩이도 있었다. 사방을 둘러보아도, 사무실은 여성적으로 좋아졌다.

무슨 일이 일어난 걸까? 전에 있던 여자들은 다 어디로 간 것일까? 이 여자들은 또 어디에서 온 것일까? 그들은 샌프란시스코 사람들 같지 않았다. 이건 누구의 아이디어일까? 이게 다 새로운 피조물을 만든 프랑켄슈타인의 궁극적 의미일까? 맙소사! 우리 생각은 틀렸다!

다시 1년이 지나가고, 나는 요즘도 일주일에 닷새씩 그

앞을 지나며 창문을 바라보면서 저기가 도대체 무엇을 하는 데인지 짐작해보려고 노력한다. 저 예쁜 여자들이 저 안에서 무엇을 하고 있는가를.

사장이 누구이든, 아내가 죽고 그동안 수년 동안 무료하게 지낸 것에 대해 복수하는 것인지도 모른다. 아니면 텔레비전만 보는 저녁에 싫증이 난 걸까?

무슨 일이 일어난 것인지 나는 알 수가 없다.

긴 금발머리의 예쁜 여자가 전화를 받는다. 귀엽게 생긴 갈색머리는 서류 캐비닛을 정리한다. 완벽한 치아를 가진 응원단 소녀 같은 여자는 무언가를 지우고 있다. 책을 들고 사무실을 가로지르는 이국적인 갈색머리도 있다. 타자기에 종이를 끼워 넣고 있는 젖가슴이 큰 신비스러운 여자도 있다. 봉투에 우표를 붙이고 있는, 완벽한 입과 커다란 엉덩이를 가진 키 큰 여자도 있다.

정말 예쁜 사무실이다.

정원의 필요

내가 그곳에 도착했을 때, 그들은 뒷마당에 또다시 사자를 묻고 있었다. 여느 때처럼 그것은 황급히 만든 무덤이었고, 커다란 사자를 묻기에는 너무 좁았기에 그들은 그 작은 구멍에 큰 사자를 집어넣느라 애쓰고 있었다.

사자는 여느 때처럼 묵묵히 견뎠다. 지난 2년 동안 50번이나 묻혔기 때문에 사자는 뒷마당에 묻히는 일에 꽤 익숙해 있었다.

그들이 처음 사자를 묻던 때를 기억한다. 사자는 무슨 일이 일어나는지 알지 못하고 있었다. 당시 사자는 어렸기 때문에 무서웠고 혼란스러웠지만, 지금은 나이가 들었고 여러 번 묻히다 보니 무슨 일이 벌어지는지 잘 알게 되었다.

사람들이 앞발을 잡아 가슴에 올려놓고 얼굴에 흙을 던지자 사자는 막연히 다소 지루한 것처럼 보였다.

그건 처음부터 안 되는 일이었다. 사자는 그 구멍에 맞지 않았다. 전에도 맞지 않았고 앞으로도 그럴 것이었다. 그들은 커다란 사자를 묻을 만큼 큰 구덩이를 팔 수 없었다.

"저기요." 내가 말했다. "그 구덩이는 너무 작은데요."

"이거 봐요." 그들이 대답했다. "충분히 커요."

우리는 2년 동안 그런 인사를 나누었다.

나는 그들이 한 시간 가량 필사적으로 사자를 집어넣으려고 애쓰는 것을 바라보았다. 하지만 그들은 언제나 사자의 4분의 1만 집어넣는 데에 성공했으며, 결국은 포기한 채 더 큰 구멍을 파지 못한 것에 대해 상대를 비난했다.

"내년에는 사자 대신 정원을 묻어보지그래요?" 내가 말했다. "흙을 보니 당근이 잘 자라겠는데요."

그들은 내 말이 재미있다고 생각하지 않았다.

낡은 버스

다른 사람들이 하는 것을 나도 한다. 나는 샌프란시스코에 산다. 때로 날씨가 좋으면 나는 버스를 탄다. 어제도 그랬다. 나는 내가 사는 곳에서 벗어나 멀리 클레이 거리에 가고 싶었고, 그래서 버스를 기다렸다.

따뜻하고 화창한 가을날이었다. 나이 든 여자도 버스를 기다리고 있었다. 그건 이상할 것도 없었다. 여자는 채소껍질처럼 손에 딱 맞는 흰 장갑과 커다란 지갑을 들고 있었다.

중국인 하나가 모터사이클을 타고 지나갔다. 그건 나를 놀라게 했다. 전에는 중국인이 모터사이클을 탄다는 것을 상상해본 적이 없어서였다. 때로 현실은 나이 든 여자의 손에 끼워진 채소껍질만큼 잘 맞는다.

버스가 와서 나는 기뻤다. 기다리던 버스가 오면 모두가 행복하다. 그건 물론 작은 행복이지 커다란 행복은 아니다.

나는 나이 든 여자를 먼저 태우고 고전적인 중세 기사도 스타일로 뒤따라 버스에 올라탔다.

나는 15센트를 내고, 필요는 없지만 환승권을 받았다. 나는 언제나 환승권을 받는다. 버스에 타는 동안 손으로 무언가 할 수 있기 때문이다. 내게는 활동이 필요하다.

나는 자리에 앉아서 버스에 누가 타고 있는가를 본다. 1분쯤 후에 나는 뭔가가 잘못되어 있다는 것을 깨닫는다. 같은 시간 내에 다른 승객들도 그것을 깨닫는다. 잘못된 것은 바로 나였다.

나만 젊었다. 버스에 탄 다른 사람들은 모두 60대와 70대, 80대였는데, 나만 20대였다. 그들은 나를 보고 있었고, 나도 그들을 보고 있었다. 우리는 모두 불편했고 당혹스러웠다.

어떻게 이런 일이 일어났단 말인가? 어째서 우리는 갑자기 이런 운명의 장난의 주인공이 되어 서로에게서 눈을 떼지 못한단 말인가?

일흔여덟 살 정도 된 남자가 필사적으로 코트의 옷깃을 부여잡기 시작했고, 예순세 살쯤 된 여자는 손을, 손가락 하나하나를 흰 손수건으로 닦기 시작했다.

나는 내가 그렇게 잔인하고 특이한 방법으로 그들의 잃어버린 젊음을 연상시킨다는 것이 미안했다. 왜 우리는 빌어먹을 버스 좌석에 서빙된 이상한 샐러드처럼 이렇게 던져진 채 앉아 있는 걸까?

　나는 다음 정류장에서 내렸다. 모두가 그것을 반겼고 나
또한 그들보다 더 기뻤다.

　나는 길가에 서서, 이제는 안정된, 이상한 짐을 싣고 시간
여행 속에서 점점 멀어지는 버스가 시야에서 사라지는 것
을 바라보았다.

터코마의 유령 아이들

워싱턴 주 터코마의 아이들은 1941년 12월 전쟁터로 떠났다. 그들은 무슨 일이 일어나고 있는지 잘 알고 있는 것 같은 부모들과 다른 어른들의 발자취를 따라, 그렇게 해야만 하는 것처럼 느꼈다.

"진주만을 기억하라!" 그들은 외쳤다.

"물론이지!" 우리가 대답했다.

지금은 어른처럼 보이지만 그때 나는 어렸다. 우리는 터코마에서 전쟁을 겪었다. 어른들이 진짜 적을 죽이듯 아이들 역시 상상의 적을 죽일 수 있었다.

그것은 수년 동안 계속되었다.

제2차 세계대전 때 나는 부상자 없이 개인적으로 352892명의 적군을 죽였다. 전장에서 아이들은 어른들보다 병원을 덜 필요로 한다. 아이들의 전쟁에선 부상은 없고 전멸만이 있기 때문이었다.

나는 987척의 전함을 격침시켰고, 532대의 비행기를 격추시켰으며, 799척의 순양함과 2007척의 구축함과 161척의 수송선을 격침했다. 수송선은 공격대상으로는 재미가 없었다. 스포츠 정신에 어긋나기 때문이었다.

나는 또한 5465척의 어뢰정을 격침시켰다. 내가 왜 그렇게 많은 어뢰정을 격침시켰는지는 잘 모르겠지만, 그저 그래야 할 것 같아서였다. 4년 동안 나는 주위를 둘러볼 때마다 어뢰정을 격침시켰다. 이유는 지금도 알 수 없다. 5465척의 어뢰정은 대단히 큰 숫자다.

나는 다만 3척의 잠수함만 파괴했다. 잠수함은 내가 사는 골목에 자주 출몰하지 않기 때문이었다. 나는 1942년 봄에 첫 잠수함을 파괴했다. 그해 12월과 1월에 많은 아이들이 거리로 뛰쳐나와 좌우에 있는 잠수함을 파괴했다. 나는 기다렸다.

나는 4월까지 기다렸다. 학교에 가던 어느 날 아침, 나는 꽝! 하고 식료품점 앞에서 첫 잠수함을 파괴했다. 1944년에는 두 번째 잠수함을 파괴했다. 2년 후 나는 세 번째 잠수함을 파괴했다.

1945년 나는 마지막 잠수함을 파괴했는데, 그때 10살 생일을 갓 지난 후였다. 나는 그해 받은 생일선물이 좀 불만

족스러웠다.

그리고 하늘이 있었다! 나는 레이니어 산이 싸늘한 백인 장군처럼 하늘을 배경으로 솟아오를 때, 하늘에서 적을 찾기 시작했다.

나는 P-38과 그러먼 와일드캣과 P-51 머스탱과 메서슈미트를 가진 에이스 파일럿이었다. 그랬지, 메서슈미트. 나는 메서슈미트 한 대를 나포해 특별한 색으로 칠해서 부하들이 실수로 나를 요격하지 않도록 했다. 모두가 내 메서슈미트를 알아보았고, 적은 큰 대가를 치렀다.

나는 8942대의 전투기를 격추했고, 6420대의 폭격기를 파괴했으며, 51대의 비행선을 추락시켰다. 개전 첫 시즌에 나는 대부분의 비행선을 격추했다. 그러다 1943년 경 비행선 격추를 그만두었다. 그것들은 너무 느렸다.

나는 또한 우리가 옳다고 확신했기에 1281대의 탱크와 777개의 교량, 109채의 정유공장을 파괴했다.

"진주만을 기억하자!" 그들이 말했다.

"물론이지!" 우리가 대답했다.

나는 팔을 똑바로 뻗은 채 미친 듯이 뛰어다니며, 허파 위에서 타타타타타타! 소리를 내며 적기들을 격추시켰다.

요즘 아이들은 더 이상 그런 놀이를 하지 않는다. 아이들은 이제 다른 일들을 한다. 내가 지구로 되돌아가는 장난감의 추억을 조사하는 아이들의 유령처럼 느껴질 때, 나는 하루 종일 여유가 생긴다.

내가 신형 비행기였을 때 즐겨 하던 재미있는 놀이가 있었다. 나는 밤에 두 개의 회중전등을 찾아 불을 켠 채 손에 들고, 비행기처럼 팔을 양옆으로 뻗은 다음 터코마의 거리로 하강하는 조종사 놀이를 했다.

나는 부엌에서 의자를 네 개 가져와서 집에서도 비행기 놀이를 했다. 의자 두 개로는 비행기의 동체를 만들고, 나머지 하나씩은 양 날개를 만들었다.

집에서 나는 급강하폭격 놀이를 하며 놀았다. 그 놀이에는 의자가 제격이었다. 내 누이가 뒷좌석에 앉아 긴급 메시지를 베이스에 전하곤 했다.

"폭탄이 하나뿐이지만 저 항공모함을 도망가게 할 순 없어. 그래서 저 굴뚝에 폭탄을 투하해야 해. 오버. 고마워, 기장. 우리에게는 모든 행운이 필요해. 이상."

그러면 내 누이는 이렇게 말하곤 했다. "할 수 있을까?" 그러면 내가 대답했다. "물론이지. 모자 꽉 잡아."

네 나이 스무 살에
이제는 가버린
너의 모자를 기억하며
1965년 1월 1일

토크쇼

나는 몇 주 전에 산 새 라디오로 토크쇼를 듣고 있다. AM/FM이 나오는 흰색 플라스틱 라디오였다. 새것을 사는 법이 좀처럼 없는 내가 이탈리아인이 경영하는 전파상에 들어가서 라디오를 산다는 건 내 경제 상태로 보아 놀랄 만한 일이었다.

판매원은 아주 친절했는데, 자기가 FM에 나오는 이탈리아어 공부 프로그램을 듣고 싶어하는 이탈리아인들에게 이라디오를 400대 이상 팔았다고 말했다.

나는 그 말이 내게 왜 그렇게 인상적이었는지 알지 못한다. 그러나 그 말을 듣고는 갑자기 그 라디오가 사고 싶어졌고, 내 경제 상태가 놀라는 일이 벌어진 것이다.

라디오는 29달러 95센트였다.

지금 나는 토크쇼를 듣고 있다. 밖에는 비가 내리고 있으며 달리 귀를 사용해 할 일이 없었기 때문이다. 새 라디오를 듣는 동안, 나는 과거에 있었던 또 다른 새 라디오를 떠올렸다.

열두 살 때쯤, 나는 겨울이면 늘 비가 내리고 질척거리는 퍼시픽 노스웨스트에 살고 있었다.

우리에게는 관처럼 생긴 커다란 상자에 든 1930년대식 라디오가 있었는데, 그게 나를 무섭게 했다. 아이들은 죽은 사람을 연상하게 하는 낡은 가구를 무서워하기 때문이다.

그 라디오는 소리가 엉망이었고 내가 좋아하는 프로그램을 들을 수 없었다.

그 라디오는 수리가 불가능했다. 다이얼을 돌리면 소음이 났다.

새 라디오를 사야했지만 우리는 너무 가난했다. 드디어 선금을 내고 라디오를 살 수 있게 되었을 때, 우리 가족은 마을의 라디오 상점으로 갔다.

엄마와 누이와 나는 마치 천국에 온 것처럼 좋아하며 새 라디오 소리를 듣다가 드디어 하나를 골랐다.

그것은 마치 천국에 있는 제재소 같은 향기를 풍기는 고급 목제 캐비닛 속에 들었는데, 죽여주게 멋있었다. 정말 멋진 테이블 모델 라디오였다.

우리는 라디오를 들고 인도가 없는 흙탕길을 걸어 집으

로 왔다. 라디오는 보호용 카드보드 속에 들어 있어서 내가 들고 있었다. 나는 무척 자랑스러웠다.

겨울폭풍이 집을 뒤흔드는 동안, 새 라디오로 좋아하는 프로그램을 들으며 나는 일생에서 가장 행복한 밤을 맞고 있었다. 매 프로그램이 갓 잘라낸 다이아몬드 같았다. 시스코 키드의 말발굽 소리는 반지처럼 번쩍거렸다.

난 이제 여기 앉아 있다. '수년후대머리뚱보중년'이 되어 폭풍우의 그림자가 집을 뒤흔드는 동안 두 번째 새 라디오로 토크쇼를 듣고 있다.

너를 다른 사람에게 묘사할 때

며칠 전 너를 다른 사람에게 묘사하려고 했지. 너는 내가 만난 어떤 여자와도 닮지 않았어.

나는 이렇게 말할 수는 없었어. "그 여자는 제인 폰다를 닮았어. 빨강머리에 입이 좀 달라, 물론 영화배우가 아닌 것 빼고는."

네가 제인 폰다를 전혀 닮지 않았기 때문에 그렇게 말할 수는 없었지.

드디어 나는 내가 어렸을 때 워싱턴 주 터코마에서 본 영화에 비교해 너를 묘사했지. 1941년인가 1942년에 터코마 어디에선가에서 본 영화야. 그때 내 나이가 여섯인지 일곱인지 여덟인지 그랬어. 영화는 시골 마을에 전기를 공급하는 내용이었는데, 아이들에게 1930년대 뉴딜 정책의 도덕

성을 홍보하는 데에 완벽한 영화였지.

그 영화는 전기도 없이 살아가는 시골 농부들에 대한 것이었어. 그들은 밤에 바느질하거나 책을 읽으려면 등불을 켜야 했고 토스터나 세탁기 같은 가전용품도 없었으며 라디오도 들을 수 없었어.

그러다가 그들은 대형 발전기를 사용해 댐을 건설했고 시골 길을 따라 전봇대를 세웠으며 들과 목초지 위로 전깃줄을 깔았지.

단순히 전선을 연결하기 위해 전봇대를 세운 것이었지만 그건 믿을 수 없을 만큼 영웅적인 행위였어. 그들은 이제 구식이면서 동시에 신식이 되었지.

그러자 영화라는 것이 들어와서, 전기가 마치 농부에게 어두운 삶을 영원히 없애준 젊은 그리스 신인 양 만들어주었지.

갑자기, 종교적으로, 스위치를 켬으로써 농부는 자신이 어두운 겨울 새벽에 소젖을 짜는 모습을 볼 수 있었지.

농부의 가족은 라디오를 들을 수 있게 되었고 토스터를 갖게 되었으며 옷을 꿰매거나 신문을 볼 때 쓸 여러 개의 밝은 전등을 갖게 되었지.

그건 정말 멋진 영화였어. 마치 애국가를 들을 때나 루스벨트 대통령의 사진을 볼 때, 혹은 다음과 같은 라디오 방송을 들을 때처럼 말이야.

"미합중국 대통령께서는……."

나는 이 세상 모든 곳에 전기가 닿기를 바라고 있어. 나는 세계의 모든 농부들이 라디오에서 루스벨트 대통령의 연설을 듣기를 원해.

너는 내게 그렇게 보여.

배에서 바다에게 핼러윈 질문하기

어릴적 나는 배에서 바다를 향해 "사탕 줄래, 골탕 먹을래?"하며 핼러윈 질문을 하는 놀이를 했다. 내 사탕 주머니는 조타실의 키였고 내 핼러윈 가면은 아름다운 가을날, 배를 환영하는 항구처럼 보이는 우리 집 현관의 환한 불빛 속으로 미끄러져 들어가는 돛이었다.

'사탕줄래골탕먹을래'는 마치 이렇게 말하는 선장 같았다. "우린 잠시만 항구에 머무를 거야. 모두들 해안에 가서 재미있게 보내도록. 아침 조수에 출항한다는 것만 잊지 말도록." 아, 그가 옳았어! 우리는 아침 조수에 항해를 떠났어.

블랙베리 운전자

블랙베리 넝쿨이 사방에서 자라서 한때는 융성했던 산업 지구에 버려진 창고 바깥벽을 초록색 용의 꼬리처럼 기어 오르고 있었다. 넝쿨은 너무나 거대해서 사람들은 마치 다리처럼 그 사이에 판자를 연결해놓고 올라가 중앙에 있는 질 좋은 블랙베리를 땄다.

넝쿨에 데려다주는 다리는 여러 개가 있었다. 어떤 것은 판자 대여섯 개 길이나 되어서 조심스러운 균형이 필요했는데, 아래로는 15피트(4.5미터)나 되는 넝쿨만이 있어서 만일 떨어지면 가시에 심하게 다칠 수 있었다.

그곳은 단지 파이를 만들거나 우유나 설탕을 얹어 먹을 블랙베리를 따려고 갈 만한 곳은 아니었다. 그곳은 영화 보러 가는 것보다 큰돈이 드는 곳이라 겨우내 먹을 블랙베리

잼을 만들거나 많이 따서 팔려고 할 때 가는 곳이었다.

그곳에는 믿기 어려울 정도로 블랙베리가 많았다. 그곳의 블랙베리는 검정 다이아몬드처럼 컸지만, 그걸 따려면 중세의 블랙베리 수집 기술이며 넝쿨을 잘라 들어갈 입구를 만들고 판자로 다리를 놓는 등의 기술이 필요해서, 마치 성을 공략해 함락하는 것만큼이나 어려웠다.

"성이 무너졌다!"

때로 블랙베리를 따는 일에 싫증이 날 때면 나는 넝쿨 아래 어두운 중세 지하감옥 같은 곳을 내려다보곤 했다. 그러면 뭔지 모를 것들이 보이고 유령처럼 변하는 것도 보였다.

한번은 너무나 호기심이 강하게 일어서 내가 만든 다리의 다섯 번째 판자까지 내려가 가시가 사악한 철퇴의 스파이크처럼 보이는 저 밑 어두운 곳을 열심히 내려다보았다. 눈이 어둠에 익숙해지자 내 바로 밑에 모델 A 세단 자동차가 있는 것을 보였다.

나는 판자 위에 구부리고 앉아서 다리에 쥐가 날 때까지 자동차를 바라보았다. 옷이 찢기고 피부가 벗겨져 피가 나면서까지 아래로 내려가 그 차의 앞좌석에 앉아 운전대에 손을 올리고 한 발로는 액셀러레이터를, 다른 발로는 브레이크를 밟고 옛 성의 냄새가 나는 어두운 차 속에서 앞유리를 통해 햇볕이 드는 녹색의 그림자를 바라보기까지는 무려 두 시간이 걸렸다.

 다른 사람들이 와서 내 위의 판자에서 블랙베리를 따고 있었다. 그들은 몹시 흥분해 있었다. 아마도 그런 블랙베리를 처음 보는 것 같았다. 나는 그들 아래의 차 속에 앉아 그들이 말하는 소리를 들었다.

 "어이, 이 블랙베리 좀 봐!"

소로 고무밴드

인생이란 빌린 지프차로 뉴멕시코에서 운전하는데, 옆자리에 탄 여자가 너무 예뻐서 볼 때마다 기분이 좋은 그런 것과도 같다. 눈이 많이 내려서 우리는 150마일밖에 운전하지 못했다. 눈이 마치 모래시계처럼 우리가 갈 길을 봉쇄했기 때문이다.

사실 나는 매우 흥분해 있었는데, 우리가 56번 고속도로가 차코캐니언까지 이어지는지 보려고 뉴멕시코 주 소로 Thoreau*라는 작은 마을로 들어가고 있었기 때문이었다. 우리는 인디언들이 거기를 망쳐놓았는지 보고 싶었다.

땅은 눈으로 어찌나 두텁게 덮여 있는지, 정부의 연금을

---

* 헨리 데이비드 소로.《월든》의 저자.

받고 기분 좋고 기나긴 은퇴를 기대하는 것 같았다.

우리는 눈 속에서 평화롭게 쉬고 있는 카페를 보았다. 나는 여자를 남겨놓고 지프에서 내려서 길을 물어보러 카페로 들어갔다.

웨이트리스는 중년의 여자였다. 그녀는 눈길에 막 도착한 프랑스 배우 장 폴 벨몽도와 카트린느 드뇌브가 주연한 외국영화처럼 나를 바라보았다. 카페는 온통 아침식사 냄새로 가득했다. 두 명의 인디언이 앉아서 햄과 계란을 먹고 있었다.

그들은 말이 없었고 나에게 호기심을 보였다. 그들은 나를 곁눈으로 보았다. 나는 웨이트리스에게 길을 물었고 그녀는 그 길이 폐쇄되었다고 말했다. 그녀는 한마디로 잘라 말했다. 그래서 더 이상의 여지가 없었다.

내가 문 쪽으로 걸어가자 인디언 중 하나가 몸을 돌려 옆에서 말했다. "오늘 아침 그리로 왔는데, 아직 폐쇄되지 않았어요."

"44번 고속도로까지 열려 있나요? 쿠바까지요?"

"그래요."

웨이트리스는 갑자기 커피에 정신을 쏟는 척했다. 커피는 그녀의 보살핌을 필요로 했고, 그래서 그녀는 수세대의 커피 애호가들을 위해 커피를 돌봐야 했다. 그녀의 헌신 없이는 뉴멕시코 소로에서 커피는 멸종될 것이었다.

내가 아는 캐머론은 나이가 많고 언제나 양탄자로 만든 슬리퍼를 신고 있으며 더 이상 말하지 않는 사람이었다. 그는 시가를 피웠고 가끔씩 벌 아이브스의 레코드를 들었다. 그는 중년이 되어 늙어가는 것을 불평하는 아들과 함께 살았다.

"빌어먹을! 난 이제 전처럼 젊지 않단 말이야!" 캐머론은 현관방에 안락의자를 놓았는데, 모직 담요로 덮여 있었다. 그가 언제나 거기 앉아 있기라도 한 것처럼 아무도 그 의자에 앉지 않았다. 그의 정신이 그 의자를 지배하고 있는 것 같았다. 늙은이들은 자기가 앉아서 생을 마감하는 가구를 지배하는 법이다.

그는 이제 겨울철에 외출하지 않았다. 여름에는 현관 쪽

포치에 나가 앉아서 앞마당의 장미정원을 지나, 마치 그가 존재하지 않는다는 듯 그 없이도 잘만 세월이 가는 거리를 바라보곤 했다.

하지만 그건 사실이 아니었다. 그는 위대한 댄서였고 1890년대에는 밤새 춤춘 적도 있었다. 그는 많은 악사들보다 더 오래 살았으며 여자들은 그와 춤출 때면 춤이 잘 춰진다며 그를 사랑했고 그의 이름만 들어도 기분이 좋아져 얼굴이 붉어지면서 킥킥댔다. 심지어 '품위 있는' 여자들도 그의 이름을 듣거나 그를 보면 흥분하곤 했다.

그가 1900년에 싱글턴 가문의 딸들 중 가장 어린 여자와 결혼했을 때는 많은 여자들의 가슴을 울렸다.

"별로 예쁜 여자도 아닌데." 가슴 쓰린 여자들은 투덜거렸으며 결혼식 때 모두들 울었다.

그는 또한 많은 판돈이 걸린 진지한 포커판에서 마을 최고의 포커 플레이어였다. 한번은 그의 옆에 앉아있던 사람이 포커 중 사기를 치다가 잡혔다.

테이블 위에는 많은 돈이 있었고, 열두 마리의 소와 두 마리의 말, 그리고 마차까지 써놓은 차용증이 있었다. 그게 판돈의 일부였다.

남자의 사기행각은 포커를 하던 어떤 사람이 재빨리 그자의 목을 베면서 들통 났다.

캐머론은 반사적으로 일어나 피가 테이블 위로 튀지 않

도록 남자의 혈관에 엄지손가락을 댄 다음 열두 마리의 소와 두 마리의 말과 마차의 주인이 결정될 때까지 남자를, 비록 죽어가고 있었지만 반듯하게 세워놓았다.

캐머론은 더 이상 말을 하지 않지만, 그의 눈에서 여러분은 그 사건을 읽을 수 있다. 그의 손은 비록 류머티즘으로 채소처럼 되어버렸지만 쉬고 있는 그 손에는 엄청난 위엄이 깃들어 있다. 그리고 그가 시가에 불을 붙일 때면 그건 마치 역사적 행동처럼 보였다.

1889년, 한때 그는 양을 지키는 목동 일을 했다. 그때 그는 10대 청소년이었다. 그건 신도 버린 외로운 땅에서 수행하는 지루한 겨울 직장이었지만, 아버지에게 진 빚을 갚으려면 돈이 필요했다. 자세한 이야기는 안 하는 것이 좋은, 가족 간에 진 빚이었다.

그해 겨울엔 양을 돌보는 것 외에는 신나는 일이 하나도 없었지만, 캐머론은 기분전환용 일거리를 찾아냈다.

겨우내 청둥오리와 기러기가 강을 날아다녔고, 목장 주인은 그와 다른 목동들에게 있지도 않은 늑대를 쫓아내라면서 초현실적으로 많은 양의 44-40 윈체스터 실탄을 지급했다.

양 주인은 늑대가 양 떼를 해칠까봐 엄청나게 두려워했다. 그렇다고 해도 목동들에게 44-40탄을 지급하는 것은 좀 심했다.

캐머론은 그 탄약으로 강에서 약 200야드(182미터) 떨어진 곳에서 오리와 기러기를 쏘았다. 44-40은 새를 사냥하는 탄약은 아니었다. 그것은 마치 뚱보가 문을 여는 동작만큼이나 천천히 날아가는 총알이었다. 캐머론은 바로 그걸 노렸다.

가족에게 빚을 지고 망명을 떠난 그에게 긴 겨울날은 하루씩 지나갔고, 봄이 올 때까지 캐머론은 총을 쏘았지만, 수천 발을 쏘았음에도 단 한 마리의 새도 잡지 못했다.

캐머론은 그 이야기를 좋아했고 재미있다고 생각해서 말하는 내내 웃었다. 캐머론은 그 이야기를 자기가 1900년에 다리 앞과 다리를 건너서 새를 향해 쏜 총알의 수만큼이나 많이 했는데, 20세기 초반까지도 멈추지 않았다.

완벽한 캘리포니아의 하루

1965년 노동절이었다. 나는 태평양의 시에라 해변을 바라보며 몬터레이의 외곽에 있는 철길을 따라 걷고 있었다. 그곳의 바다는 언제 보아도 시에라 강과 어찌나 닮았는지 경탄할 수밖에 없다. 화강암 해변, 투명한 물, 산에서 흐르는 물처럼 바위 사이로 흐르는 샹들리에 거품처럼 빛나는 녹색과 푸른색의 파도.

만일 일부러 찾아보지 않는다면 거기 바다가 있다는 것을 모르게 된다. 때로 나는 그 해변을 작은 강으로 생각하고, 반대편 둑이 1만 8천 킬로미터나 떨어져 있다는 사실을 잊곤 한다.

나는 강이 굽은 곳에 가서 잠수부들이 화강암 바위에 둘러싸인 작은 모래사장에서 피크닉을 즐기는 것을 본다. 그들은 모두 검은 고무옷을 입고 있다. 그들은 빙 둘러앉아 커다란 수박 조각을 먹고 있다. 그중 두 사람은 부드러운 펠트 모자를 쓴 예쁜 여자다.

잠수부frog people들은 물론 잠수부들이 하는 이야기를 하고 있다. 때로 그들은 곧잘 아이들처럼 바람에 실려가는 올챙이 같은 대화를 하며 여름을 보내기도 한다.* 그들 중 일부는 어깨와 팔 아래에 새로 만든 혈액순환 시스템 같은 이상한 푸른색 표시가 있다.

잠수부들 옆에서는 독일 경찰견 두 마리가 놀고 있다. 개들은 검은 옷을 입고 있지 않았고, 해변에도 그들을 위한 검은 옷은 없었다. 아마도 개들이 입을 옷은 바위 뒤에 있는지도 모른다.

잠수부 한 사람이 수박을 먹으며 등을 대고 누운 채 물에 떠 있었다. 그는 조수를 따라 흔들거렸다.

잠수부들의 수많은 장비들이 커다란 극장처럼 보이는, 프로메테우스로 하여금 치열하게 맞서게 만들 법한 바위에 기대어 놓여 있었고, 그 옆의 노란색 산소탱크는 꼭 꽃처럼 보였다.

잠수부들은 반원을 그리더니 그중 두 사람이 바다로 달려가 돌아서서 다른 사람들에게 수박조각을 던졌고, 둘은

* 잠수부를 뜻하는 영어가 frog people 또는 frogman이어서 올챙이(tadpole)로 언어유희를 한 것.

모래사장에서 씨름을 시작했으며 개들은 그 주위를 맴돌며 짖었다.

　여자들이 검은 고무 잠수복과 광대 같은 모자를 착용하니까, 참 예뻤다. 수박을 먹는 그들의 모습은 마치 캘리포니아의 왕관에 박힌 보석처럼 빛났다.

이스턴 오리건의 우체국

　이스턴 오리건을 드라이브한다. 가을날 뒷좌석에 총을 놓고 글러브 컴파트먼트인지 자키 박스인지, 뭐라고 부르든지 간에 아무튼 거기에 탄약을 넣고.

　나는 산으로 이루어진 이 지역에서 사슴 사냥을 가는 또 하나의 아이일 뿐이다. 우리는 많이 달렸다. 어두워지기 전에 떠났는데, 지금은 온통 밤이다.

　이제 태양은 차 안에서 빛나고, 차는 갇힌 채 웅웅거리는 벌이나 곤충처럼 뜨겁다.

　졸음이 와서 나는 앞좌석 내 옆에 끼어 앉은 자브 삼촌에게 시골과 짐승에 대해 물었다. 나는 자브 삼촌을 바라보았다. 그는 운전하고 있었는데, 우스꽝스럽게도 운전대가 그의 앞에 너무 가깝게 있었다. 그는 200파운드(90킬로그램)

가 넘는 거구였다. 그래서 차에 꽉 낀 채 달리고 있었다.

반쯤 졸린 채 코펜하겐 맥주를 마시며 자브 삼촌은 운전을 하고 있었다. 그는 언제나 그랬다. 사람들은 코펜하겐 맥주를 좋아했고 사방에는 그걸 사라는 광고가 붙어 있었다. 지금은 그런 간판이 없다.

자브 삼촌은 한때 유명한 고교 운동선수였다, 그 후에는 전설적인 바에서 노래를 불렀다. 한때 그는 동시에 호텔방 네 개에서 묵었으며 각 방마다 위스키가 있었지만, 지금은 모두가 떠나버렸다. 그는 이제 나이 들었다. 자브 삼촌은 매주 토요일이면 서부소설을 읽고 라디오로 오페라를 들으며 사려깊고 조용하게 살고 있었다. 그는 언제나 코펜하겐 맥주를 입에 달고 살았다. 네 개의 호텔방이나 네 병의 위스키는 이제 사라졌지만, 코펜하겐 맥주는 그의 운명이었고 그의 영원한 삶의 조건이었다.

나는 기분 좋게 글러브박스에 들어있는 30-30 탄약 상자에 대해 생각하는 또 하나의 아이였다.

"산에 사는 사자도 있나요?" 내가 물었다.

"쿠거 말이니?" 자브 삼촌이 물었다.

"그래요, 쿠거요."

"그럼." 자브 삼촌이 말했다. 그의 얼굴은 붉었고 머리칼은 빠져서 민머리가 되고 있었다. 그는 한 번도 미남인 적은 없었지만 그래도 여자들이 많이 따랐다. 우리는 같은 하천을 넘고 또 넘었다.

우리는 하천을 열두 번은 건넜는데, 하천을 볼 때마다 경이로웠다. 하천은 우리를 기분 좋게 해주었고 물은 몇 달 동안 햇볕을 받아서 낮아졌으며 부분적으로 문명과 멀어진 시골도 멋있었다.

"늑대도 있나요?"

"조금 있지. 이제 마을에 가까워지고 있다." 자브 삼촌이 말했다. 농가가 보였지만 사는 사람은 없었다. 그 집은 낡은 악기처럼 버려져 있었다.

집 옆에는 땔감용 나무가 쌓여 있다. 유령 불을 때나? 원한다면 그렇게 해야겠지. 하지만 장작은 세월의 연륜을 보이고 있었다.

"살쾡이는요? 잡으면 정부가 보상금을 주지 않아요? 그렇지요?"

우리는 제재소를 지나고 있었다. 거기에는 하천 뒤로 댐을 만든 조그만 통나무 연못이 있었다. 두 남자가 통나무 위에 서 있었다. 그중 한 사람은 손에 도시락 가방을 들고 있었다.

"몇 달러 주겠지." 자브 삼촌이 말했다.

우리는 이제 마을로 들어가고 있었다. 마을은 작았다. 집들과 상점들은 낡았고 진부했으며 풍상을 겪은 것 같았다.

"곰도 있나요?" 우리가 길을 돌아갈 때 내가 물었다. 우리 앞에는 픽업트럭이 한 대 있었는데 두 남자가 트럭 옆에 서서 곰을 꺼내고 있었다.

"사방에 널린 게 곰이란다." 자브 삼촌이 말했다. "저기도 두 마리 있네."

정말…… 마치 짜기라도 한 것처럼, 두 남자가 털 달린 거대한 호박 같은 곰 두 마리를 트럭에서 꺼내고 있었다. 우리는 곰 옆에 차를 세우고 내렸다.

사람들이 모여 곰을 보고 있었다. 그들은 모두 자브 삼촌의 오랜 친구들이었다. 그들은 모두 자브 삼촌에게 안녕, 그동안 어디 갔었어? 하고 물었다.

나는 그렇게 많은 사람들이 한꺼번에 안녕 하고 인사하는 것을 본 적이 없었다. 자브 삼촌은 오래전에 이곳을 떠났다. "안녕, 자브, 잘 있었어?" 곰들도 인사를 하리라 생각될 만큼 모두가 인사했다.

"안녕, 자브, 이 쓸모없는 녀석아. 거기 허리띠처럼 감은 게 뭐냐? 굳이어 타이어냐?"

"호호. 곰이나 보자."

둘 다 50~60파운드(22~27킬로그램) 정도 나가는 새끼곰들이었다. 그들은 올드맨 서머스 크리크에서 총에 맞았다. 어미곰은 도망쳤다. 새끼들이 죽자 어미곰은 수풀 속으로 도망가서 덤불 뒤에 숨었다.

올드맨 서머스 크리크라고! 우리는 거기서 사냥할 참이

었다. 올드맨 서머스 크리크! 난 거기 가본 적이 없었다! 곰이라니!

"어미곰이 사납게 굴 거야" 서 있던 남자 중 하나가 말했다. 우리는 그의 집에 머무를 예정이었다. 그가 바로 곰을 쏜 사람이었다. 그는 자브 삼촌의 친한 친구였다. 경제공황 때 두 사람은 고교 축구팀에서 같이 선수생활을 했다.

여자 하나가 왔다. 그녀는 팔에 식료품 봉지를 들고 있었다. 그녀는 멈추어 서서 곰을 바라보았다. 그녀는 가까이 다가가서 곰에게 기대어 샐러리 끝으로 곰의 얼굴을 찔러보았다.

그들은 곰을 낡은 2층집 현관에 내려놓았다. 그 집은 오래되어서 가장자리에 나무서리가 끼어 있었다. 마치 이 전 세대의 생일케이크 같았다. 그래서 생일케이크의 양초처럼 우리는 그 집으로 밤을 보내러 들어갔다.

현관 근처의 격자울타리에는 이상하게 생긴 넝쿨과 그보다 더 이상하게 생긴 꽃이 자라고 있었다. 나는 그런 넝쿨과 꽃을 본 적이 있지만 집에서는 아니었다. 그것들은 홉이라고 불리는, 마약 성분이 있는 식물이었다.

집에서 홉이 자라는 것을 본 건 그때가 처음이었다. 이상한 취미의 원예였다. 그러나 잠시 후에는 그것에 익숙해졌다.

현관에 해가 비쳐서 홉의 그림자가 마치 두 잔의 흑맥주dark beer처럼 곰 위로 내려앉았다. 그들은 벽에 등을 대고 앉아 있었다.

"여러분, 뭘 마실 건가?"

"곰bear 두 잔."

"아이스박스를 확인해서 시원한지 볼게. 조금 전에 넣어 놓았거든. 그래 시원하군."

곰을 쏜 사내는 곰을 갖고 싶어하지 않았다. 그래서 누군가가 말했다. "시장에게 주면 어때? 시장은 곰을 좋아하잖아."

마을 인구는 시장과 곰을 포함해 352명이었다.

"내가 시장에게 가서 곰을 가져가라고 할게." 누군가가 그렇게 말하고는 시장을 찾으러 갔다.

아, 그 곰 고기는 얼마나 맛있을까? 굽고, 튀기고, 삶고, 스파게티로 만들면. 이탈리아인들이 하는 대로 곰 스파게티를 만들면.

누군가가 시장을 보안관 사무실에서 보았다고 했다. 한시간 전쯤. 아마도 아직 거기 있을지도 몰라. 자브 삼촌과 나는 조그만 음식점에 가서 점심을 먹었다. 방충망으로 된 문은 수리가 필요했고, 녹슨 자전거처럼 소리를 내며 열렸다. 웨이트리스가 우리에게 뭘 먹겠느냐고 물었다. 문 옆에는 슬롯머신이 있었다. 시골은 완전히 개방되었다.

우리는 으깬 감자와 그레이비, 그리고 로스트비프 샌드위치를 먹었다. 음식점에는 수백 마리의 파리가 날아다녔다. 상당히 많은 파리들이 음식점 천장에 올가미처럼 달려 있는 끈끈이에 붙어 집처럼 편하게 정착했다.

늙은 남자가 들어왔다. 그는 우유 한 잔을 주문했다. 웨이트리스가 우유를 갖다 주었다. 우유를 마시고 나가면서 그 노인은 슬롯머신에 5센트를 넣고 나갔다. 그러고는 고개를 흔들었다.

점심을 다 먹자, 자브 삼촌은 우체국에 가서 엽서를 보내야 했다. 우리는 우체국까지 걸어갔는데, 우체국은 움막 같은 조그만 집이었다. 우리는 방충망을 열고 안으로 들어갔다.

그곳은 보통 우체국과 같았다. 카운터가 있었고 콧수염처럼 늘어진 시계추가 오가며 시간을 맞추고 있었다.

벽에는 커다란 마릴린 먼로의 누드사진이 있었는데, 우체국에서 본 것은 처음이었다. 그녀는 크고 붉은 바닥에 누워 있었다. 우체국 벽에 걸기에는 이상했지만, 물론 지금 이곳에서 나는 나그네일 뿐이었다.

우체국 직원은 중년의 여자였다. 그녀의 입은 1920년대 여자의 입 그대로였다. 자브 삼촌은 엽서를 사서 마치 한 잔의 물이라도 되는 것처럼 카운터에서 가득 채웠다.

몇 분의 시간이 걸렸다. 엽서를 절반쯤 쓴 삼촌이 마릴린 먼로의 사진을 바라보았다. 그의 시선에는 욕정이라곤 없었다. 그에게 그녀는 산이나 나무처럼 사진에 불과했다.

삼촌이 누구에게 엽서를 썼는지 나는 기억하지 못한다.

아마도 친구나 친척이었겠지. 나는 거기 서서 내내 마릴린 먼로의 사진을 바라보고 있었다. 드디어 자브 삼촌은 엽서를 부쳤다.

"자, 가자." 삼촌이 말했다.

우리는 곰이 있는 집으로 돌아왔는데, 곰이 없었다.

"곰이 어디로 갔지?" 누가 물었다.

많은 사람들이 모여서 사라진 곰에 대해 이야기했다. 우리는 근처에서 곰을 찾으러 다녔다.

"곰은 죽었잖아." 누가 확인하듯 말했다. 그래서 우리는 집 안으로 들어가서 찾아보았다.

잠시 후에 시장이 와서 "배고픈데 내 곰은 어디 있지?" 하고 말했다.

곰이 사라졌다는 말에 시장은 "그건 불가능해"라고 말한 후, 현관 밑을 살펴보았다. 하지만 곰은 없었다.

한 시간 쯤 지나자 모두들 곰을 찾는 것을 포기했고, 해가 졌다. 우리는 옛날 옛적에 곰이 있었던 앞 현관에 나와 앉았다.

남자들은 경제공황기에 고등학교 축구팀에서 뛰던 이야기를 하면서 지금은 얼마나 나이 들고 뚱뚱해졌는지에 대해 이야기했다. 누군가가 자브 삼촌에게 그가 묵었던 네 개의 호텔 방과 네 병의 위스키에 대해 물었다. 자브 삼촌만 빼고 다 웃었다. 대신 그는 미소 지었다. 누군가가 곰을 찾앉을 때는 막 밤이 시작될 때였다.

곰들은 사이드 스트리트에 세워진 차의 앞좌석에 앉아 있었다. 한 마리는 바지와 체크무늬 셔츠를 입고 있었다. 그리고 빨간 사냥모자에 파이프담배를 물고 있었다. 그리고 운전대를 잡은 앞발은 바니 올드필드 같았다.

또 한 마리는 남성잡지에 나오는 광고 속의 흰색 실크 네글리제와 발에 붙는 슬리퍼를 착용하고 있었다. 분홍빛 보닛이 머리에 고정되어 있었고 무릎에는 지갑이 놓여 있었다.

누군가가 지갑을 열었지만 아무것도 없었다. 무엇을 기대했는지는 몰라도 사람들은 실망했다. 죽은 곰이 도대체 지갑에 뭘 가질 수 있단 말인가?

이상하게도 나는 이 모든 것을 세세히 떠올렸다. 그 곰들. 그건 수면제로 자살한 젊고 아름다운, 모든 것을 다 가졌던 마릴린 먼로의 신문 사진이었다.

신문에 가득했지. 추모의 글들, 사진들…… 담요에 싸여 들것에 실려 나오던 그녀의 시신. 나는 왜 이스턴 오리건의 한 우체국에 마릴린 먼로의 사진이 걸려 있었는지 모른다.

그녀의 시신이 실린 들것이 밖으로 나오자, 들것 밑으로 햇빛이 빛났다. 사진에는 베니스 풍 블라인드가 있었다. 나뭇가지로 만들어진.

희미하고 흐릿한 영화

그 방은 천장이 높은 빅토리아풍이었고 대리석으로 만든 벽난로가 있었으며 창문에는 아보카도 나무가 있었고, 그녀는 내 옆에서 멋진 금발의 모습으로 자고 있었다.

그리고 나도 잠이 들었다. 9월의 새벽이었다.

1964년.

그러자 갑자기 아무런 경고도 없이 그녀가 일어나서 즉시 나를 깨우더니 일어나 나갔다. 그녀는 아주 진지했다.

"왜 그래?" 내가 물었다.

그녀의 눈이 커졌다.

"일어나려는 거야." 그녀가 말했다.

그녀의 눈은 몽유병자처럼 파랬다.

"침대로 돌아와." 내가 말했다.

"왜?" 그녀가 말했다. 금발의 한쪽 발을 마루에 발을 디디고 반쯤은 침대에 있는 채로.

"왜냐면 당신은 아직도 자고 있으니까."

"오오오, 좋아." 그녀가 말했다. 내 말이 맞았기 때문에, 그녀는 다시 침대로 돌아와서 이불을 끌어다 덮고 내 옆에 바싹 다가와 누웠다. 그러고는 한 마디 말도 없었고, 미동도 하지 않았다.

그녀는 방황을 마치고 깊은 잠에 빠졌고, 나는 이제 막 방황이 시작되었다.

나는 수년 동안 이 단순한 사건에 대해 생각해오고 있다. 그건 마치 희미하고 흐릿한 영화처럼 계속해서 반복되고 있다.

파트너들

나는 사람들이 엘리자베스 풍으로 영화를 보다가 살고 죽는 미국의 싸구려 극장에서 앉아 있기를 좋아한다. 마켓 가에는 1달러만 내면 영화를 네 편이나 볼 수 있는 극장이 있다. 나는 영화가 좋고 나쁜 것에는 별 관심이 없다. 난 영화평론가가 아니니까. 그저 영화를 보고 싶을 뿐. 스크린에 영화가 상영되면 그걸로 충분하다.

극장은 흑인들과 히피들, 노인들, 군인들, 선원들, 그리고 영화가 너무 사실적이기 때문에 영화와 대화하는 순진한 사람들로 가득 찼다.

"아냐! 아냐! 차로 돌아와, 클라이드. 오, 맙소사. 저들이 보니를 죽이고 있어."

나는 이 극장의 '상주 시인poet-in-residence'이지만 그렇다고 구겐하임 지원금을 받을 생각은 없다.

한번은 오후 6시에 극장에 들어가서 새벽 1시에 나온 적이 있다. 7시에 다리를 꼬았는데, 10시까지 그 자세로 있었고 한 번도 일어나지 않았다.

나는 예술영화 팬은 아니다. 나는 문화라는 은밀한 고급 향수에 푹 빠진 관객들에 둘러싸인 채 고급극장에서 고급 영화를 보며 미학적으로 감동하는 사람이 아니다. 나는 그럴 형편이 못 된다.

지난 달, 나는 75센트를 내면 영화 두 편을 보여주는 노스비치에 있는 타임스라는 극장에서 닭과 개에 대한 만화 영화를 보고 있었다.

개는 잠을 자려고 하는데 닭이 계속 깨우는 영화였는데, 만화영화가 언제나 그렇듯 일련의 모험을 겪은 후 소란스럽게 끝났다.

내 옆에는 남자가 앉아 있었다.

그는 '백인백인백인'이었다. 뚱뚱하고 쉰 살쯤 되어 보이는 약간 대머리였는데, 그의 얼굴에는 인간의 감성이라고는 찾아볼 수 없었다.

그가 입고 있는 스타일 없는 자루 같은 옷은 전쟁에 패배한 나라의 국기처럼 그를 감싸고 있었으며, 평생 받아본 편지라고는 청구서뿐인 사람처럼 보였다.

바로 그때, 만화영화 속의 개가 닭 때문에 잠을 못자고 크게 하품을 했는데, 바로 그 순간 남자도 크게 하품을 했다. 그래서 그 개와 이 살아 있는 인간은 같이 하품을 하고 있었다, 미국인 파트너로서.

서로를 잘 알기

그 여자는 호텔 방을 싫어했다. 그건 셰익스피어의 소네트 같았다. 내 말은, 어린 소녀 혹은 롤리타 같았다는 말이다. 그건 고전적인 형태였다.

a ⎤
b
a
b

c
d
c ⎦

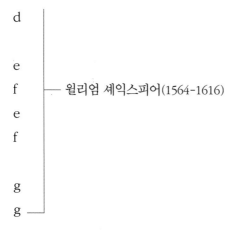

```
d
e
f ── 윌리엄 셰익스피어(1564-1616)
e
f
g
g
```

그녀는 호텔 방을 싫어했다. 그녀를 괴롭히는 것은 아침의 불빛이었다. 그녀는 그런 불빛에 둘러싸여 깨어나는 게 싫었다.

호텔 방의 아침 불빛은 인공적이었고, 마치 여자 청소부가 하녀 쥐처럼 조용히 들어와 마술적 분위기 속에서 이상한 침대보로 요술침대를 정리해놓은 것처럼 너무나 깨끗했다.

그녀는 청소부가 아침 빛을 접어 팔에 걸고 들어오는 것을 잡으려고 잠든 척 침대에 누워 있기도 했지만 한 번도 성공하지 못했다.

그녀의 아버지는 옆방에서 새 애인과 자고 있었다. 그는 유명한 영화감독이었고, 자기가 만든 영화 중 하나를 홍보

하려고 이 도시에 왔다. 그는 최근 만든 호러영화 〈거대 장미인간들의 공격〉을 홍보하러 샌프란시스코에 왔다. 미친 정원사가 실험용 비료로 온실에서 만든 괴물에 대한 영화였다.

그녀가 보기에 거대한 장미인간들은 지루했다. "그것들은 우스꽝스러운 밸런타인데이 선물 같아요." 그녀는 최근에 아버지에게 말했다.

"지랄하고 자빠졌네." 그녀의 아버지가 말했다.

그날 오후 그는 〈크로니클〉지의 페인 니커보커와 점심을 같이하기로 되어 있었고, 늦은 오후에는 〈이그재미너〉지 아이첼바움과의 인터뷰가 예정되어 있었으며, 며칠 후에는 아버지의 상투적인 거짓말이 신문에 나올 것이었다.

어제 밤 아버지는 페어몬트에 있는 스위트룸을 빌렸지만 그녀는 롬바드에 있는 모텔에 묵기를 원했다.

"너 미쳤니? 여긴 샌프란시스코야!" 아버지가 말했다.

그녀는 호텔 보다 모텔을 훨씬 더 좋아했는데 그 이유는 자기도 몰랐다. 아마도 아침의 빛 때문이었을 것이다. 틀림없이 그랬을 것이다. 모텔 방의 빛이 더 자연스러웠으니까. 모텔 방의 빛은 적어도 호텔 청소부가 갖다놓은 것처럼 인공적이지는 않았다.

그녀는 침대에서 일어났다. 그녀는 아버지하고 자는 여자가 누군지 보고 싶었다. 그건 그녀만의 작은 게임이었다.

그녀는 아버지와 같이 자는 여자가 어떻게 생긴 여자인지 짐작하고 싶었지만, 그건 사실 어리석은 게임이었다. 왜냐하면 아버지와 자는 여자들은 언제나 그녀를 닮았기 때문이었다.

그녀는 아버지가 그런 여자들만 찾아다니는 건 아닌지 의아했다.

아버지의 친구들과 다른 사람들은 그걸 갖고 농담을 했다. 그들은 아버지의 애인과 딸이 자매처럼 닮았다고 놀리곤 했다. 때로 그녀는 자매들이 새로 생겨나는 이상한 집의 딸이 된 것처럼 느꼈다.

그녀의 키는 170센티미터였고, 금발머리가 엉덩이까지 내려왔다. 체중은 51킬로그램이었으며, 눈은 진한 푸른색이었다.

그녀는 열다섯 살이었는데, 사실은 몇 살이라도 될 수 있었다. 약간의 변덕만 부리면 그녀는 어렵지 않게 열세 살에서 서른다섯 살로도 보일 수 있었다.

때로 그녀는 20대의 젊은 청년들이 그녀를 연상의 경험 많은 여성으로 생각해 끌리도록, 의도적으로 서른다섯 살로 보이게 꾸몄다.

그녀는 할리우드, 뉴욕, 파리, 로마, 런던 등에서 행한 많은 관찰을 통해, 능숙하고 아름답지만 시들어가는 서른다섯 살 여인의 역할을 완벽하게 해낼 수 있었다.

그녀는 그녀가 열다섯 살이라는 것을 전혀 눈치 채지 못한 20대 초반의 남자 셋과 이미 성관계를 가졌다.

그건 그녀의 작은 취미가 되었다.

그녀는 일종의 만화경처럼 각기 다른 사람의 인생을 만들어서 살 수 있었다. 유대계 치과의사와 결혼해서 세 아이의 엄마가 되어 글렌데일에서 살고 있는, 쏜살같이 젊음이 지나가버린 서른다섯 살의 주부일 수도 있었고, 미친 레즈비언 연인을 피해 뉴욕에서 온, 자신을 뒤틀린 사랑에서 구해줄 젊은 남자를 찾고 있는 서른한 살의 노처녀 문학편집자도 될 수 있었으며, 매력적인 불치병에 걸려서 죽기 전 한 번 더 기회를 갖고 싶어하는 서른 살 이혼녀도 될 수 있었다.

그녀는 그게 좋았다. 그녀는 침대에서 일어나 알몸으로 발뒤꿈치를 들고 조용히 거실을 지나 아버지의 침실로 가서 두 사람이 자고 있는지 아니면 사랑을 나누고 있는지 서서 소리를 들어보았다

아버지와 애인은 깊은 잠에 빠져 있었다. 그녀는 문을 통해 느낄 수 있었다. 그 느낌이란 그들 침실의 따뜻하고도 움직이지 않는 공간 같았다.

그녀는 살짝 문을 열고 노란 셔츠 소매처럼 침대 옆으로 쏟아진 여자의 금발머리를 보았다.

그녀는 미소 지으며 문을 닫았다.

거기서 이야기는 끝난다.

우리는 그녀에 대해 조금만 알고 있다. 그런데 그녀는 우리에 대해 많은 것을 알고 있다.

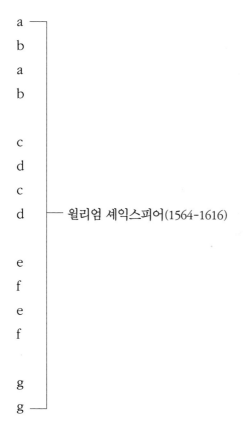

a
b
a
b

c
d
c
d ── 윌리엄 셰익스피어(1564-1616)

e
f
e
f

g
g

오리건 주의 짧은 역사

열여섯 살 때, 나는 다음과 같은 일을 하곤 했다. 빗속에서 80킬로미터를 히치하이크해서 저녁 무렵 사냥을 하곤 했다. 나는 30-30 라이플을 들고 길가에 서서 엄지손가락을 든 채 아무 생각 없이 차가 서기만을 기다렸고, 언제나 차가 와서 나를 태워주곤 했다.

"어디까지 가는데?"

"사슴 사냥 가는데요."

오리건에서는 중요한 일이었다.

"타라."

산등성이의 꼭대기에 도착해 차에서 내렸을 때는 비가 억수같이 쏟아지고 있었다. 운전자는 거센 비에 놀랐다. 나는 비안개로 인해 절반은 잘 안 보이는 계곡으로 이어진,

나무로 뒤덮인 물의 길을 바라보았다.

그 계곡이 어디로 이어지는지 도무지 알 수 없었다. 그곳은 전에 내가 와본 적이 없는 곳이었지만 나는 신경쓰지 않았다.

"어디로 가는데?" 비가 그렇게 세게 오는데 차에서 내리는 나를 걱정하며 운전자가 물었다.

"저 아래요."

그가 떠나자, 나는 산 속에 홀로 남겨졌고, 그게 바로 내가 원하는 것이었다. 나는 머리부터 발끝까지 내려오는 비옷을 입고 있었고, 주머니에는 캔디바가 있었다.

나는 사슴을 몰아보려고 마른 덤불을 발로 차면서 나무 사이로 내려왔지만 사실 사슴이 있고 없고는 별 문제가 아니었다.

나는 단지 사냥한다는 느낌을 원했다. 거기 사슴이 있다는 생각만 해도 거기 사슴이 있는 것이나 마찬가지였다.

덤불 속에서는 아무것도 움직이지 않았다. 사슴이나 새나 토끼나 다른 짐승의 흔적을 전혀 볼 수 없었다.

때로 나는 그냥 거기 서 있었다. 나무에서는 물방울이 떨어지고 있었다. 그곳에는 단지 나, 나 혼자의 흔적만 있었다. 그래서 나는 캔디바를 먹었다.

몇 시가 되었는지도 알 수 없었다. 하늘은 겨울비로 어두웠다. 내가 사냥을 시작했을 때 이미 해가 지기 두 시간 전이었고, 이제는 해가 진 후 두 시간이 지나 곧 밤이 될 것이었다.

나는 덤불에서 나와서, 계곡으로 굽어져 이어지는 목재 운반 도로와 나무 그루터기들 속으로 들어갔다. 나무그루터기는 최근에 생긴 것이었다. 바로 그해 언제인가 사람들이 와서 벌목을 했기 때문이었다. 아마도 봄이었을 것이다. 길은 굽어서 계곡으로 이어졌다.

비는 점차 잦아들다가 드디어 그쳤다. 그러자 이상한 고요가 모든 것 위에 사뿐히 내려앉았다. 지금은 황혼이었지만, 곧 어두워질 것이었다.

목재운반용 길은 굽어 있었다. 갑자기 아무런 경고도 없이, 내 사유지 같은 느낌이 드는 아무도 없는 그곳에 집 한 채가 나타났다. 나는 그게 싫었다.

여러 대의 낡은 차들에 둘러싸인 그 집은 커다란 움막 같았고, 집 주변에는 수많은 종류의 낡은 목재들과, 필요해서 쓰고는 버린 것들이 흩어져 있었다.

난 그 집이 거기 있는 것이 싫었다. 이제 비안개는 걷혀서, 나는 산을 올려다보았다. 반 마일 가량 걸어 내려오는 내내 나는 이곳에 나 혼자만 있다고 생각했다.

그건 웃기는 소리였다.

그 움막집에는 길을 바라보는 창이 나를 향해 나 있었다. 창문을 통해서는 아무것도 보이지 않았다. 밤이 시작되었지만, 그 집에는 불이 켜지지 않았다. 진한 검은 연기가 굴뚝에서 나오고 있어서 나는 안에 누가 있다는 것을 알았다.

내가 가까이 다가가자 현관문이 꽝 소리를 내며 열리더니 한 아이가 조잡하게 만든 현관으로 뛰어나왔다. 그 아이는 신발도 안 신었고 코트도 입지 않았다. 아이는 아홉 살쯤 되어 보였는데, 그의 금발머리는 내내 바람이 분 것처럼 흐트러져 있었다.

가까이서 보니, 그 아이는 아홉 살 보다는 좀 더 나이가 들어 보였고, 곧 세 살, 다섯 살, 일곱 살 정도의 여동생들이 뒤따라 뛰어나왔다. 여동생들도 그 아이처럼 신발을 안 신었고 코트도 입지 않았다. 여동생들도 실제보다 나이가 들어 보였다.

갑자기 황혼의 고요한 마법이 깨지더니 다시 비가 내렸다. 그러나 아이들은 집으로 들어가지 않았다. 그들은 모두 현관에서 비에 젖은 채 나를 바라보고 있었다.

인정하건대, 어둠이 내려앉는 황량한 이곳에서 비에 젖지 않도록 30-30 총신을 아래로 하고 진흙길을 걸어오는 내 모습은 아무리 봐도 이상했을 것이다.

내가 지나가도 아이들은 아무 말도 하지 않았다. 여동생들의 머리칼은 난쟁이 마녀의 머리처럼 헝클어져 있었다. 그들의 가족은 보이지 않았다. 집에 불이 켜져 있지 않았기 때문이었다.

집 앞에는 모델 A 트럭이 옆으로 누워 있었다. 그 차는 비어있는 세 개의 50갤런(189리터) 기름통 옆에 있었다. 기름통은 이제 아무 쓸모가 없었다. 짝이 맞지 않는 녹슨 케이블도 있었다. 노란 개가 나와서 나를 노려보았다.

지나가면서 나는 한마디도 하지 않았다. 아이들은 이제 완전히 비에 젖어 있었다. 그들은 침묵한 채 떼를 지어 현관에 서 있었다. 인생에 그 이상의 것이 있다고 믿을 이유는 내게 하나도 없었다.

옛날 옛적 사람들이 미국에 살기로 했을 때

　나는 그때 새로운 여자와 자보고 싶다는 생각에 빠져 기리를 어슬렁거리고 있었다. 때는 추운 겨울이었고, 내가 막 다른 생각을 하려고 하는 순간, 키가 큰 여자—오 내가 좋아하는 키 큰 여자—가 리바이스를 입고 젊은 동물처럼 거리를 걸어 올라오고 있었다. 키는 174센티미터 정도였고 푸른 스웨터를 입고 있었다. 스웨터 속에서 젖가슴이 팽팽하게 솟은 채 흔들리고 있었다.

　그녀는 신발을 신지 않았다.

　그녀는 히피 여자였다.

　그녀는 머리가 길었다.

　그녀는 자기가 예쁘다는 것을 몰랐다. 난 그게 좋았다. 그건 언제나 날 흥분시켰는데, 특히 지금은 더 그럴 것이 내가 이미 여자 생각을 하고 있었기 때문이다.

우리가 서로 지나칠 때, 그녀가 뜻밖에도 내게 몸을 돌려서 물었다. "우리 아는 사이 아냐?"

와우! 그녀는 이제 내 바로 옆에 서 있었다. 그녀는 진짜키가 컸다.

나는 그녀를 면밀히 관찰했다. 혹시 내가 아는 여자인가하고 말이다. 어쩌면 내 옛 애인일 수도 있고 전에 만났거나 술 취했을 때 작업을 걸었던 여자일 수도 있다. 나는 그녀를 자세히 바라보았는데, 그녀는 신선하게 예뻤다. 그녀의 눈은 멋진 푸른색이었는데, 나는 여전히 그녀를 못 알아보았다.

"전에 너를 만난 적이 있어." 내 얼굴을 살펴보며 그녀가 말했다. "이름이 뭐야?"

"클라렌스야."

"클라렌스?"

"그래, 클라렌스."

"그렇다면 모르는 사람이군." 그녀가 말했다.

그녀는 약간 빨리 포기했다.

보도에 닿은 그녀의 발은 차갑게 식었고, 그녀는 추운 듯내게로 몸을 굽히고 있었다.

"네 이름은 뭔데?" 내가 물었다. 어쩌면 나는 작업을 걸고 있는지도 몰랐다. 사실 그것이 지금 내가 해야 하는 일이기도 했다. 이미 30초 쯤 늦었는지도 모른다.

"윌로우 우먼이야." 그녀가 대답했다. "난 하이트 애슈버리로 가는 길이야. 스포케인에서 막 여기로 왔어."

"나 같으면 거기 안 가겠다." 내가 말했다. "거긴 아주 안 좋아."

"하이트 애슈버리에 친구들이 있어." 그녀가 말했다.

"거긴 안 좋은 곳이야."

그녀는 어깨를 으쓱하더니 자기 발을 하염없이 내려다보았다.

그런 다음, 눈을 들었는데 다소 상처받은 표정이었다.

"내겐 이것밖에 없어." 그녀가 말했다.

(입고 있는 옷을 말하는 것이었다.)

"그리고 주머니 속에 있는 것 하고." 그녀가 말했다.

(그녀의 시선은 슬그머니 자기 리바이스 바지의 왼쪽 뒷주머니를 바라보고 있었다.)

"거기 도착하면 내 친구들이 도와줄 거야." 그녀가 말했다.

(그녀는 5킬로미터는 떨어진 하이트 애슈버리를 바라보고 있었다.)

갑자기 그녀는 어색해했다. 정확히 뭘 해야 할지 모르는 사람 같았다. 그녀는 두 걸음 뒤로 물러났다. 그러고는 걸어 올라가야 하는 도로 쪽으로 섰다.

"난⋯⋯." 그녀가 말을 더듬었다.

"난······." 그녀는 다시 차디찬 자기 발을 내려다보았다.

그녀는 다시 반걸음 뒤로 물러났다.

"난."

"난, 우는 소리는 하고 싶지는 않아."

그녀는 지금 일어나고 있는 일이 싫은 것 같았다. 그녀는 떠날 준비가 되어 있었다. 사태는 그녀가 원하는 대로 되어 가고 있지 않았다.

"내가 도와줄게." 내가 말했다.

난 주머니로 손을 가져갔다.

그녀는 마치 기적이라도 일어나는 것처럼 즉시 안도하며 내게 다가섰다.

나는 그녀에게 1달러를 주었다. 원래 하려던, 작업 거는 일은 까맣게 잊어버린 채.

그녀는 1달러나 되는 것을 믿을 수 없다는 듯 나를 껴안고 뺨에 키스했다. 그녀의 몸은 따뜻했고 친절했으며 자선적이었다.

우리는 함께 멋진 장면을 연출할 수도 있었다. 나는 멋진 말을 할 수도 있었지만 아무 말도 하지 않았다. 왜냐하면 작업을 걸려고 했던 것을 잊어버렸고, 도대체 그 생각이 어디로 사라졌는지 알 수도 없었기 때문이었다. 그녀는 자기가 만날 사람들과 앞으로 살게 될 인생을 향해 아름답게 떠나가버렸고, 그녀에게 나는 잘해야 환영 같은 추억으로나

남을 것이었다.

　이승에서의 우리의 인연은 그것으로 끝났다.

　그녀는 가버렸다.

캘리포니아 종교의 짧은 역사

다만 한 가지 방법뿐이었다. 우리는 목초지에서 사슴들을 보았다. 사슴들은 천천히 원을 그리더니 그 원을 깨고 숲 속으로 들어갔다.

목초지에는 사슴이 세 마리 있었고, 나와 내 친구, 그리고 세 살 반인 내 딸, 이렇게 세 사람이 있었다. 내가 사슴이 간 곳을 가리키며 말했다. "저기 사슴 좀 봐라."

"사슴 좀 봐, 저기, 저기야!" 앞좌석에 앉은 딸아이가 내가 꽉 누르는데도 소리 지르며 튀어올랐다. 사슴으로부터 딸아이에게 전기가 흐르는 것 같았다. 잿빛 사슴 세 마리가 발굽을 울리며 숲 속으로 사라져갔다.

우리가 요세미티에 있는 캠프 장소로 돌아오는 동안 딸아이는 사슴 이야기를 했다. "그 사슴들 정말 멋졌어. 난 사슴이 되고 싶어."

캠프에 돌아오자 사슴 세 마리가 우리를 바라보며 입구에 서 있었다. 아까 그 사슴들일 수도 있었고, 다른 사슴일 수도 있었다.

"저 사슴 좀 봐!" 아까처럼, 두 개의 크리스마스트리를 밝히거나 선풍기를 1분 동안 돌리거나 빵 반쪽을 토스트에 구울 정도의 전기가 내게로 통해왔다.

우리가 천천히 캠프까지 오는 동안 사슴들은 우리 차 바로 뒤에 따라왔다. 우리가 차에서 내렸을 때도 사슴은 거기에 있었다. 딸아이가 사슴을 따라갔다. 우와! 사슴 좀 봐! 하면서.

나는 딸아이를 제지했다. "잠깐." 내가 말했다. "아빠 손을 잡고 가자." 나는 딸아이가 사슴을 놀라게 하거나, 그럴 일은 없겠지만 사슴이 놀라서 딸을 밟고 지나감으로써 딸을 다치게 하고 싶지 않았다.

우리는 조금 떨어져서 사슴을 따라가다가 멈춰 서서 그들이 강을 건너가는 것을 바라보았다. 강은 얕았고 사슴들은 중간에 서서 세 방향을 바라보았다.

딸아이는 잠시 아무 말도 없이 사슴들을 보았다. 사슴들이 어찌나 조용하고 아름답던지. 그러자 딸아이가 말했다. "아빠, 사슴 머리를 떼어다가 내 머리에 붙여주고, 사슴 발을 떼어다가 내 발에 붙여줘. 그럼 내가 사슴이 될 거야."

사슴들은 각기 다른 세 방향을 바라보다가, 이윽고 강 건너편 숲이 있는 한 방향을 보더니 그쪽으로 이동하기 시작했다.

다음 날 아침은 일요일이어서 우리 옆에 교인들이 왔다. 그들은 긴 나무 테이블에 20~30명이 모여 앉아 있었다. 우리가 텐트를 내리는 동안 그들은 찬송가를 불렀다.

딸아이는 그들을 주의 깊게 살펴보더니 그들이 찬송가를 부르는 동안 나무 뒤로 가서 몸을 숨기고 관찰했다. 허공에 팔을 휘두르며 노래를 지휘하는 사람이 있었는데 아마도 목사 같았다.

딸아이는 숨어 있던 나무 뒤에서 나와 천천히 그들에게 다가가서 목사 바로 뒤에 가서 그를 올려다보았다. 목사는 신도들로부터 떨어져 혼자 따로 서 있었고, 딸아이도 그랬다.

나는 금속 텐트 지지대를 뽑아서 가지런히 쌓아놓고, 텐트도 접어서 그 옆에 가지런히 놓았다

그러자 여자 교인 하나가 긴 테이블에서 일어나 딸아이에게 갔다. 나는 그 광경을 바라보고 있었다. 그 여자는 딸에게 케이크 한 조각을 주더니 자기랑 같이 앉아서 찬송을 듣지 않겠느냐고 물었다. 그들은 자기들에게 뭔가를 잘해준 예수에 대해 노래하느라 바빴다.

딸아이는 고개를 끄덕이더니 바닥에 앉았다. 무릎에는 여자가 준 케이크가 있었다. 5분가량 앉아 있었는데, 케이

크는 입에 대지도 않았다.

이제 그들은 마리아와 요셉이 한 어떤 일에 대해 노래하고 있었다. 노래에 의하면, 때는 겨울이었고 추웠으며 마구간에는 짚이 있었고 냄새가 좋았다.

딸아이는 5분가량 노래를 듣다가, 사람들이 〈우리는 동방의 세 왕들〉을 노래할 때 손을 흔들어 작별인사를 한 다음 케이크를 들고 돌아왔다.

"그래, 어땠니?" 내가 물었다.

"노래를 했어." 딸아이는 그들을 가리키며 말했다.

"케이크는 어때?" 내가 말했다.

"모르겠어." 딸은 케이크를 땅에 버렸다. "난 아침을 먹었거든." 케이크는 땅에 버려져 있었다.

나는 세 마리의 사슴과 교인들의 찬송가를 생각했다. 나는 케이크 조각을 바라보다가, 사슴들이 사라져버린 숲을 바라보았다.

땅 위의 케이크는 아주 작아 보였다. 바위 위로는 물이 흐르고 있었다. 나중에 새나 짐승이 와서 케이크를 먹고는 강으로 가서 물을 마시겠지.

사소한 생각이 떠올랐고, 다른 방법이 없었다. 그건 나를 기쁘게 했고, 그래서 나는 나무를 껴안았는데, 내 뺨은 달콤한 나무껍질에 부딪친 채 거기 고요하게 몇 분 동안 떠 있었다.

빌어먹을 4월

이 빌어먹을 4월 이야기는 젊은 여자가 현관문에 붙여놓은 쪽지로부터 시작된다. 나는 그 쪽지를 읽었고, 도대체 무슨 일인가 의아했다.

나는 이런 일을 하기에는 너무 나이가 많았다. 나는 모든 것을 다 챙길 수 없었고, 그래서 내가 할 수 있는 가장 바람직한 일 즉 딸이 공원에서 놀도록 데려다주는 일을 했다.

나는 정말이지 침대에서 나오기가 싫다. 하지만 화장실에는 가야 하기 때문에 억지로 일어난다. 화장실에서 돌아와 현관문 유리에 붙은 쪽지를 본다. 쪽지는 유리에 그림자를 만들었다.

난 관심이 없다. 다른 사람더러 4월 초에 이 복잡한 일을 처리하게 해라. 화장실에 간 것만으로도 나는 충분하다. 나는 침대로 돌아간다.

내가 싫어하는 누군가가 개를 산책시키는 꿈을 꾼다. 꿈은 여러 시간 계속된다. 그 사람은 개에게 노래를 불러주는데, 무슨 노래인지 알 수가 없다. 열심히 듣지만, 아무래도 알 수 없는 노래다.

나는 완전히 지루해져 깨어난다. 내 여생을 어떻게 보낼 것인가? 나는 스물아홉 살이다. 나는 문에 붙은 쪽지를 떼고 다시 자러 간다.

나는 이불을 뒤집어 쓴 채 그 쪽지를 읽는다. 방은 어두웠지만, 그래도 내가 오늘 만난 것 중 가장 좋다. 그녀는 조용히 찾아와 쪽지를 문에 붙여놓았다.

어젯밤 그녀가 일으킨 소동에 대해 사과하는 내용이었고 수수께끼의 형태로 되어 있었다. 나는 알 수가 없다. 나는 수수께끼를 좋아한 적이 없다. 빌어먹을.

나는 딸을 데려다 포츠머스 광장에서 놀게 한다. 한 시간 동안 그 애를 지켜본다. 그러면서 중간 중간 이글을 쓰느라 쉬고 있다.

내 딸도 언젠가 빌어먹을 4월에 다른 남자의 현관문에 쪽지를 남겨놓을까. 그러면 그 남자는 이불을 뒤집어 쓴 채 그 쪽지를 읽은 다음, 나처럼 딸아이를 공원에 데리고 가서 모래밭에서 파란 통을 들고 놀고 있는 딸을 바라보게 될까.

1939년 어느 날 오후

이건 내가 네 살배기 딸에게 계속해서 들려주는 이야기이다. 그 애는 이 이야기에서 뭔가를 발견하고 계속해서 해달라고 조른다.

밤에 자러 갈 시간이면 딸아이는 말한다. "아빠, 어렸을 때 바위 속으로 들어간 이야기해줘."

"알았어."

그러면 딸아이는 마치 조종할 수 있는 구름이라도 되는 것처럼 침대커버를 어루만지며 입에 엄지손가락을 대고 푸른 눈으로 경청하는 것이다.

"옛날에 내가 너만 했을 때, 우리 엄마아빠는 피크닉하러 나를 레이니어 산에 데리고 가셨단다. 우리는 낡은 차로 운전해서 갔는데, 길 한가운데에 사슴이 서 있는 것을 보았지."

"우리는 목초지에 갔는데, 나무 그늘에 눈이 쌓여 있었고, 해가 비치지 않는 곳에도 눈이 쌓여 있었단다."

"목초지에는 야생화들이 피어 있었는데 아름다웠지. 목초지의 중앙에는 커다란 둥근 바위가 있었단다. 아빠가 가봤더니 중앙에 구멍이 있어서 들여다보았지. 그 바위 속은 마치 작은 방처럼 비어 있었단다."

"아빠는 바위 속으로 기어 들어가서 밖에 있는 푸른 하늘과 야생화를 바라보았지. 아빠는 그 분위기가 너무 좋아서 거기가 마치 집이라도 되는 듯 오후 내내 그 안에서 놀았단다."

"아빠는 작은 돌들을 모아서 그 바위 속으로 들어갔지. 작은 돌들이 난로이자 가구이며 요리하는 데에 필요한 도구라고 생각했고, 야생화는 음식이라고 상상했단다."

그게 이야기의 끝이었다.

그러면 딸아이는 깊고 푸른 눈으로 야생화나 햄버거라도 되는 것처럼, 또는 작은 난로 위에서 요리하는 바위 속의 어린아이인 것처럼 나를 올려다보았다.

딸은 그 이야기를 아무리 듣고 또 들어도 전혀 질려하지 않았다. 벌써 30~40번 정도 들었는데도 여전히 또 그 이야기를 해달라고 조른다.

그건 아마도 그 아이에게 중요한 일인가 보다.

내 생각에는 아마 그 아이는 이 이야기가 자기만큼 어렸을 때의 아버지를 발견하는 일종의 크리스토퍼 콜럼버스의 문이라고 생각하는 것 같다.

상병

한때, 나는 장군이 되고 싶었다. 제2차 세계대전 초기, 내가 초등학교에 다니던 어린 시절이었다. 학교로 종이를 가져오자는 운동이 있었는데, 마치 군대경력 같았다.

그때 그 캠페인의 내용은 다음과 같았다. 종이 50파운드(1파운드는 약 0.45킬로그램)을 가져오면 여러분은 일등병이 되고, 75파운드를 가져오면 막대기 계급장을 단 상병이 된다. 100파운드를 가져오면 부사관이 된다. 그리고 그런 식으로 수없이 많이 가져오면 장군이 된다.

내 생각에 장군이 되려면 종이를 몇 톤은 가져와야 할 것 같았다. 아니면 1000파운드면 되었을까? 정확한 양은 생각나지 않지만 종이를 모아 장군이 되는 일은 쉬워 보였다.

우선 나는 집 주변에 흩어져 있는 종이들을 모으기 시작했다. 그랬더니 3~4파운드가 되었다. 다소 실망했다는 것을 인정해야 했다. 처음에 나는 집에 종이가 가득 차 있을 거라고 생각했다. 사실 종이가 사방에 널려 있을 거라고 생각했다. 놀랍게도 종이는 내 눈을 속였다.

하지만 나는 포기하지 않았다. 나는 용기를 내어 집집마다 돌아다니면서 종이 모으기 캠페인에 기부할 신문이나 잡지가 있는지, 그래서 우리가 전쟁에서 이기고 악을 영원히 물리치도록 도와줄 수 있는지 묻고 다녔다.

한 늙은 여자가 내 말을 경청하더니 막 읽은 〈라이프〉 한 권을 내게 주었다. 내가 손에 잡지를 들고 말문이 막힌 채 노려보고 있는 동안 그 노파는 문을 닫았다. 잡지는 아직도 따뜻했다.

다음 집에 갔더니, 어떤 녀석이 이미 선수를 쳐서 신문지는 고사하고 종이봉투 하나 없었다.

그다음 집에는 아무도 없었다.

그렇게 일주일이 지나갔다. 집집마다 동네마다 돌아다닌 끝에 드디어 일등병이 될 만큼의 종이를 모을 수 있었다.

나는 종이의 대가로 받은 빌어먹을 일등병 계급장을 주머니 깊이 넣고 집으로 돌아왔다. 동네에는 벌써 종이 장교들, 종이 중위들과 대위들이 있었다. 나는 코트에 계급장을 달지도 않았다. 그냥 양말로 싸서 장롱 속에 던져 넣었을 뿐이다.

다음 며칠 동안 나는 시니컬하게 종이를 찾아다녔고, 누군가의 지하실에서 괜찮은 분량의 〈콜리어스〉 잡지 더미를 발견했다. 나는 상병 계급장을 받았지만, 그 또한 곧 일등병 계급장이 들어 있는 장롱 속 양말 속으로 직행했다.

좋은 옷을 입고 용돈이 넉넉하고 매일 더운 점심을 먹는 아이들은 벌써 장군이 되었다. 그들은 어디에 가면 잡지가 많이 있는지를 알았고, 그들의 집에는 그걸 옮길 자동차가 있었다. 그들은 놀이터에서 장군처럼 으스댔고, 집으로 가는 길 내내 폼을 쟀다.

그 일 직후, 바로 그다음 날에 나는 영광스러운 내 군대 경력에 종지부를 찍었다. 그리고 실패가 마치 되돌아온 수표나 나쁜 성적표나 절교편지나 읽는 사람에게 상처 주는 모든 말처럼 환멸을 느끼게 하는 미국의 종이 그림자 속으로 들어갔다.

보풀

오늘 저녁, 나는 말보다는 보풀로 설명할 수 있는 단어나 사건이 없다는 느낌에 사로잡혀 있다.

나는 내 어린 시절의 단편들을 조사하고 있다. 아무런 형태도 의미도 없는 머나먼 삶의 조각들. 그것들은 막 생겨난 보풀 같다.

독일과 일본의 완전한 역사

수년 전(제2차 세계대전), 나는 도살장을 좋게 표현한 '급속 포장 공장' 옆에 있는 모텔에서 살았다.

거기에서는 돼지를 도살했는데, 매시간, 매일, 매주, 매달, 그리고 봄이 여름이 되고 여름이 가을이 될 때까지 내내 돼지의 목을 따서, 마치 쓰레기통에서 오페라를 공연하는 듯한 돼지의 슬픈 멱따는 소리가 들렸다.

나는 어쩐지 그 많은 돼지들을 죽이는 것이 전쟁과 상관 있다는 생각이 들었다. 왜냐하면 다음 모든 것들도 사실 그 랬기 때문이다.

모텔에서 산 첫 주와 둘째 주는 정말 괴로웠다. 돼지의 비명은 정말 참기 힘들었지만, 나는 점차 익숙해졌고, 다른 소리와 마찬가지의 느낌이 들었다. 마치 나무에서 노래하는 새 소리나 정오를 알리는 기적 소리, 라디오 소리나 지나가는 트럭 소리, 인간의 목소리나 저녁 먹으라는 소리처럼 들렸다.

"저녁 먹고 연주해!"

돼지가 소리 지르지 않을 때면, 정적이 마치 부서진 기계 같은 소리를 냈다.

경매장

그건 꼬마들이 뛰어다니고, 농부의 아내들은 헌 과일단
지가 들어 있는 상자와 헌 옷과 가구를 사려고 하며, 남자
들은 말안장과 농기구와 가축을 사려는 비 오는 날의 퍼시
픽 노스웨스트 경매장이었다.

경매는 토요일 오후의 열기가 가득한 일종의 창고 같은
빌딩에서 열렸다. 그곳은 미국의 역사 같은 냄새가 났다.

경매장이는 어찌나 빨리 물건을 파는지, 내년까지는 팔
지 않을 물건까지 사는 것이 가능한 것처럼 보였다. 그의
가짜 치아들은 마치 해골의 턱에서 위아래로 뛰는 귀뚜라
미 같은 소리를 냈다.

오래된 장난감 상자가 옥션에 나올 때마다 아이들이 어
찌나 부모를 졸라대던지, 부모들은 닥치지 않으면 허리띠

로 맞을 거라고 경고해야 했다. "당장 닥치지 않으면 일주일 동안 앉지 못하게 만들어주겠어."

그곳에는 늘 새 주인 혹은 코를 풀며 닭이나 사볼까 생각하는 농부를 기다리는 암소들과 양들과 말들과 토끼들이 있었다.

비 오는 겨울날 오후는 좋았다. 왜냐하면 경매장에는 양철지붕이 있었고, 그 안의 모두는 비 오는 날의 친밀감을 느낄 수 있기 때문이었다.

먼지 낀 유리와 개척자의 콧수염처럼 길고 노란 목재로 된 오래된 상자에는 상한 캔디바가 들어 있었다. 한 상자에 50센트였는데, 엄청나게 상했지만 나는 그것들을 씹어 먹는 것을 좋아해서 같이 살 사람을 찾아 25센트에 샀다. 1947년에 나는 결국 12개의 상한 캔디박스를 샀다.

장갑차

재니스를 위하여

나는 침대와 전화가 있는 방에서 살았다. 그게 전부였다. 어느 날 아침, 내가 침대에 누워 있을 때 전화벨이 울렸다. 창문 블라인드가 내려져 있었고 밖에는 비가 세차게 내려서 아직 깜깜했다.

"여보세요." 내가 말했다.

"누가 연발권총을 발명했나요?" 어떤 남자가 물었다.

수화기를 내려놓기도 전에 내 목소리가 무정부주의자처럼 내게서 빠져나가 대답했다. "새뮤얼 콜트요."

"고객님께서는 방금 장작 한 단을 타셨습니다." 그 남자가 말했다.

"누구세요?" 내가 물었다.

"이건 콘테스트인데요." 그가 말했다. "고객님께서는 방금 장작 한 단을 타셨습니다."

"난 스토브가 없어요." 내가 말했다. "난 셋방에서 살아요. 난방기가 없는 곳에서요."

"그럼 장작 말고 원하시는 게 있으세요?"

"그럼요. 만년필요."

"좋습니다. 만년필을 보내드리죠. 거기 주소가 어떻게 되나요?"

나는 그에게 주소를 불러주었고, 콘테스트를 주관하는 기관이 어디인가를 물었다.

"신경 쓰지 마세요." 그가 말했다. "내일 아침에 만년필을 부쳐드리겠습니다. 참, 잊을 뻔했네요. 특별히 원하시는 색상이 있나요?"

"푸른색이면 됩니다."

"푸른색은 다 떨어졌네요. 다른 색은요? 초록색은 어때요? 초록색은 많습니다만."

"좋아요. 그럼 초록색으로 하지요."

"내일 아침에 부칠 겁니다." 그가 말했다.

그건 사실이 아니었다. 만년필은 결코 도착하지 않았다.

내 인생에서 내가 실제로 받은 유일한 경품은 장갑차였다. 어린 시절 나는 마을의 거친 외곽을 따라 수 마일에 이르는 길을 자전거로 달려 신문을 배달했다.

나는 양쪽에 풀밭이 펼쳐져 있으며 길 끝에는 오래된 자두나무 과수원이 있는 언덕을 자전거를 타고 내려가곤 했다. 사람들은 숲의 일부를 벌목해서 새 집들을 지었다.

그중 한 집 앞에 장갑차가 주차되어 있었다. 조그만 마을이었고, 집주인은 날마다 퇴근길에 장갑차를 몰고 귀가했다. 그는 집 앞에 장갑차를 주차했다.

나는 아침 6시에 그 집 앞을 지나갔는데, 모두들 자고 있을 때였다. 아침이 환할 때면, 나는 4분의 1마일(400미터) 거리에서도 그 장갑차를 볼 수 있었다. 나는 그 장갑차를 좋아해서 자전거에서 내려 가까이 다가가 육중한 금속을 두드려보고 방탄유리를 들여다보고 타이어를 발로 차보기도 했다.

모두가 자고 있었고 오로지 나 혼자만 거기에 있었기 때문에 나는 장갑차가 내 것이라고 생각하게 되었고, 실제로도 그렇게 장갑차를 대했다.

어느 날 아침, 나는 장갑차를 타고 그날 신문을 배달했다. 아이가 장갑차를 타고 신문을 배달하는 광경은 이상했다.

나는 그게 좋아서 날마다 그렇게 했다.

"저기 장갑차를 타고 신문 배달하는 아이가 온다."

부지런해서 일찍 일어나는 사람들은 그렇게 말하곤 했다. "미친놈이지."

그게 내가 받아본 유일한 경품이었다.

캘리포니아, 1964년, 문학적 생활

1

어젯밤, 나는 술집에 앉아서 때때로 흘끔거리며 저쪽에 앉은 자기 아내를 바라보는 내 친구와 이야기를 했다. 그들은 2년째 별거 중이었고 희망이 없었다.

그녀는 다른 남자와 같이 있어서 내 친구의 술맛을 떨어지게 했다. 그들은 잔뜩 재미있는 것처럼 보였다.

내 친구는 몸을 돌려 내 시집 두 권에 대해 물었다. 나는 이름 없는 시인이지만 그래도 때로 사람들은 관심을 표명해주었다.

그는 원래 두 권 다 갖고 있었지만, 지금은 없다고 했다. 어디론가 없어진 것이다. 나는 둘 중 한 권은 절판되어 구할 수 없지만, 다른 한 권은 시티라이트 서점에 가면 있다고 말해주었다.

그는 다시 자기 아내를 바라보았다. 그녀는 다른 남자가 말하는 것이 재미있다는 듯 웃고 있었다. 그도 자기가 재미 있다고 생각하는 것 같았다. 그러라지 뭐.

"고백할 게 있어." 내 친구가 말했다. "언젠가 내가 퇴근 하고 돌아오니까 자네와 내 처가 부엌에서 백포도주를 마 시고 취해 있었어. 생각나?"

비록 아무 일도 없었지만 나는 그날 저녁을 기억하고 있 다. 우리는 단지 부엌에 앉아 축음기를 들으며 백포도주에 취해 있었다. 미국에는 그런 사람들이 수천 명쯤 있을 것 이다.

"그날 자네가 떠난 후, 나는 자네의 시집 두 권을 마구 찢 어서 바닥에 내동댕이쳤지. 누구라도 그걸 다시 모아서 붙 일 수는 없었을 거야."

"때로는 이기고, 때로는 지는 법이니까." 내가 말했다.

"뭐라고?" 그가 말했다.

그는 약간 취했다. 그의 앞에는 빈 맥주병이 세 개 있었 다. 상표는 조심스럽게 떼어져 있었다.

"난 방금 시를 쓴 거야." 내가 말했다. "나는 책 페이지를 지키는 사람도 아니고, 영원히 내 시집을 돌봐줄 수도 없어. 말이 안 되거든."

나 역시 좀 취했다.

"어쨌든 말이야." 내 친구가 말했다. "그 책들을 다시 갖고 싶어. 어디서 구할 수 있지?"

"한 권은 5년째 절판 중이야. 다른 한 권은 시티라이트에 가면 있고." 그날 내가 백포도주에 등불처럼 취한 채 집에 돌아온 후 그 집 부엌에서 있었을 일을 머릿속에 그려보며 말했다.

그가 그녀에게 했을 말과 시집을 찢어버린 일을. 그녀가 했을 말과 그가 했을 말. 그리고 어떤 책을 먼저 찢었을까를. 그가 어떻게 찢었을까를 생각하며. 오, 건강한 분노의 사랑스런 행동이 있고난 다음 어떤 일이 있었을까를.

2

1년 전 나는 시티라이트 서점에서 누가 내 시집을 읽고 있는 것을 보았다. 그는 기쁜 표정이었지만, 동시에 그 기쁨을 막는 무언가가 있었다.

그는 다시 표지를 보더니 페이지를 넘겼다. 그는 마치 시계 바늘처럼, 그리고 그 시간에 만족하는 것처럼 페이지를 정지시켰다. 그는 7시에 책에서 시를 하나 읽었다. 그러자 다시금 거리낌이 구름처럼 시간을 가렸다.

그는 시집을 다시 선반 위에 올려놓더니 다시 꺼내 들었다. 그의 망설임은 마치 신경 에너지 같았다.

드디어 그는 주머니에 손을 넣더니 1페니를 꺼냈다. 그리고 시집을 자신의 팔 위에 올려놓았다. 이제 그 책은 둥지가 되었고, 시들은 새알이 되었다. 그는 페니를 공중에 던졌다가 붙잡아서 자기 손등에 찰싹 내려놓았다. 다른 손은 치웠다.

그는 시집을 다시 선반에 올려놓더니 서점을 나갔다. 걸어 나가면서 그는 아주 마음이 편한 것 같았다. 나는 그가 있던 곳에 걸어가서, 그의 망설임이 아직도 마루에 남아 있는 것을 보았다.

그건 불안하고 안절부절 못하는 진흙 같았다. 난 그것을 주머니에 넣었다. 나는 그걸 집으로 가져와서, 달리 더 좋은 할 일도 없기에 이런 이야기로 만들어보았다.

내가 선택한 깃발

술에 취해 여자와 자고, 술에 취해 여자와 안 자고, 또다시 술에 취해 여자와 자고. 그게 무슨 차이가 있단 말인가. 나는 떠나간 사람으로서, 동시에 숙명적으로 돌아올 수 없는 사람으로서 이 이야기로 돌아온다. 그것이 최선일 것이다.

동상도 없고 꽃다발도 없고, 이렇게 말해주는 사랑하는 사람도 없다. "이제 우리는 성에 새로운 깃발을 날릴 거야. 그리고 그 깃발은 네가 선택하는 거고." 내 손을 다시 부여 잡고 네 손 안에 내 손을 쥔 채.

그런 일은 내게 일어나지 않는다.

내 타자기는 막 마춰에서 도망친 말처럼 빠르며, 침묵 속에 빠져 있으며, 밖에서 해가 비치는 동안 내 단어들은 질서 있게 달리고 있다.

아마도 그 단어들은 나를 기억하고 있을 것이다.

때는 1964년 3월 4일이었다. 새들은 뒤쪽 베란다에서 노래하고 있다. 많은 새들이 새장에 들어 있고, 나는 새들과 더불어 노래하려 한다. 술에 취해 여자와 자고, 술에 취해 여자와 안 자고, 또다시 술에 취해 여자와 자고. 그렇게 나는 다시 돌아왔다.

캘리포니아에서의 명성, 1964년

1

멋진 명성의 깃털 달린 쇠지레를 너의 바위 밑에 넣고, 일곱 마리의 굼벵이와 한 마리의 쥐며느리와 더불어 빛을 향해 너를 들어 올리는 것은 정말이지 대단한 일이다.

그러면 이제 무슨 일이 일어났는지 보여주마. 몇 달 전에 내 친구 하나가 오더니, "막 끝낸 내 소설에 네가 등장해." 하고 내게 말했다.

그 말을 들었을 때, 나는 정말 의기양양했다. 즉시 나는 나 자신을 낭만적인 주인공이나 악당으로 상상했다. "그는 그녀의 가슴에 손을 얹었고, 그의 뜨거운 숨결은 그녀의 안경에 김을 서리게 했다" 또는 "그녀가 울자 그도 웃었고, 그 여자를 더러운 세탁물 포대처럼 발로 차서 층계 아래로 떨어뜨렸다."

"네 소설에서 내가 뭘 하는데?" 기대에 차서 내가 물었다.

"넌 문을 열어." 그가 대답했다.

"그것 말고 뭘 하는데?"

"그것뿐이야."

"오." 내가 말했다. 갑자기 내 명성이 사라지고 있었다. "다른 일을 하면 안 돼? 문을 두 개 연다든지? 누군가에게 키스한다든지?"

"문은 하나면 충분해" 그가 말했다. "그걸로 충분해."

"문을 열 때 대사는 있어?"

"없어."

2

지난주에 나는 친구인 사진작가를 만났다. 술집에서 우리는 몇 순배 걸쳤다. 그는 사진을 몇 장 찍었다. 그는 조심스러운 젊은 사진작가였고, 카메라를 마치 권총처럼 코트속에 감추고 다녔다.

그는 사람들이 자기가 뭐하는 사람인지 모르기를 원했다. 그렇게 해서 자연스러운 포즈의 사진을 찍기를 원했다. 그는 카메라가 사람들을 긴장하게 만들어서 배우처럼 행동하게 되지 않기를 바랐다.

그런 다음, 그는 도망치는 은행 강도처럼 재빨리 카메라를 꺼내 사진을 찍고 튀었다. 그 단순한 인디아나 출신의 청년은 지금 스위스에서 왕족들과 어울려 살고 있으며, 큰 사업을 하며 외국 억양으로 말한다.

어제 나는 그 녀석을 만났는데, 그는 그날 밤에 찍은 커다란 사진을 갖고 있었다.

"네 사진을 찍은 게 있어." 그가 말했다. "보여주지."

그는 내게 사진을 열두 장 쯤 보여주더니, 그다음 사진을 가리키며 "자, 여기 봐!" 하고 말했다. 어떤 노파가 마티니를 마시는 사진이었다.

"여기 네가 있잖아." 그가 말했다.

"어디?" 내가 말했다. "노파는 내가 아니잖아."

"물론 아니지." 그가 말했다. "하지만 탁자 위에 네 손이 있잖아."

나는 아주 유심히 사진을 바라보았다. 나는 바위 밑의 일곱 마리 벌레와 쥐며느리가 어디로 갔는지 의아했다.

깃털 달린 쇠지레가 우리를 들어 올려 환하게 만든 후에, 나는 그들이 나보다는 좀 더 잘했으면 좋겠다고 생각했다.

아마도 그들은 자신들의 TV 쇼를 갖고 있고, 레코드판을 내며, 자기들 소설을 바이킹 사에서 출간하는지도 모른다. 〈타임〉도 그들에 대해 물어볼 것이다. "처음에 어떻게 시작했는지, 나름대로 설명해주세요."

소녀의 추억

나는 소방관 기금 보험회사를 볼 때마다 그녀의 가슴이 생각났다. 그 회사 건물은 샌프란시스코의 프레시디오와 캘리포니아 거리가 만나는 곳에 있었다. 그곳은 붉은 벽돌과 푸른 유리로 된 건물이었는데, 마치 한때 캘리포니아에서 가장 유명했던 공동 묘지였던 곳에 쿵 하고 내려앉은 이류 철학처럼 보였다.

로렐 힐 공동묘지
1854-1946

11명의 미연방 상원의원들이 거기 묻혀 있었다.
그들과, 다른 사람들은 수년 전에 거기서 나와 다른 곳으로 이전한 지 오래이지만, 그 보험회사 옆에는 아직도 사이프러스 나무들이 서 있었다.

나무들은 한때 공동묘지에 그림자를 드리우고 있었다. 그들은 낮의 울음과 슬픔의 일부였으며 바람이 불 때를 제외하고 밤의 정적의 일부였다.

혹시 그 나무들은 스스로 이런 질문을 하지 않았을까? 죽은 사람들은 다 어디로 갔을까? 시체들을 다 어디로 가져갔을까? 그리고 여기 찾아오던 사람들은 다 어디로 갔을까? 왜 우리는 남겨졌을까?

어쩌면 그런 질문들은 너무 시적인지도 모른다. 어쩌면 그냥 이렇게 말하는 것이 최상인지도 모른다.

캘리포니아의 보험회사 옆에는 나무 네 그루가 서 있었다고.

캘리포니아의 9월

9월 22일은 그녀가 검은 수영복을 입고 해변에 누워서 조심스럽게 자신의 체온을 잰 날이었다.

그녀는 아름다웠다. 키가 크고 피부가 흰 그녀는 분명 새 너제이 스테이트 칼리지를 3년 다닌 몽고메리 거리에서 온 비서일 것이고, 해변에서 검은 수영복을 입고 체온을 잰 게 오늘이 처음은 아니었을 것이다.

그녀는 기분이 좋은 것 같았고 나는 그녀에게서 눈을 뗄 수 없었다. 체온계 너머로는 세상의 다른 곳을 향해 샌프란시스코 항구를 떠나는 배가 보였다.

그녀의 머리칼은 배와 같은 색이었다. 선장도 보였는데, 그는 선원 하나에게 뭔가 지시하고 있었다.

이제 그녀는 체온계를 입에서 뺀 다음, 눈금을 보고는 미소 지었다. 모든 것이 잘된 것이다. 그녀는 체온계를 작은 라일락 색 케이스에 집어넣었다.

선원이 말을 잘 알아듣지 못하자, 선장은 되풀이해 말하고 있었다.

캘리포니아 꽃에 대한 연구

오, 갑자기 가는 길에 아무것도 보이지 않더니, 거기 도착했을 때도 그랬다. 나는 커피하우스에서 내가 가진 돈보다 더 많은 옷을 입고 있는 여자가 말하는 소리를 듣고 있었다.

그녀는 노란색 옷과 보석으로 치장했으며, 내가 모르는 언어로 이야기하고 있었다. 그녀는 뭔가 별로 중요하지 않은 이야기를 고집을 피우며 말하고 있었다. 내가 그렇게 말할 수 있는 이유는, 그녀와 같이 있던 남자가 아무것도 믿는 것 같지 않았고 멍하게 허공을 바라보고 있었기 때문이었다.

그 남자는 마치 작은 개처럼 그들 옆에 붙어 있는 에스프레소 잔을 놓고 거기 앉아 있는 내내 한마디도 하지 않았

다. 아마도 그는 더 말하고 싶지 않은 것 같았다. 그는 그녀
의 남편인 것 같았다.

갑자기 그녀는 내가 아는 유일한 언어인 영어로 말했다.
"그 사람은 그게 자기 꽃이라는 걸 알아야 해요." 그는 처음
과 마찬가지로 아무 대답이 없었다. 대답한다고 해서 뭐가
달라졌겠는가?

나는 그런 것들을 쓰려고 태어났다. 난 그들을 잘 몰랐고,
그들은 내 꽃이 아니었다.

배반당한 왕국

이 러브스토리는 비트 세대의 마지막 봄에 일어났다. 그녀는 30대 중반 같았고, 나는 가끔 그녀가 요즘은 어떻게 지내고 있으며 아직도 파티에 가는지 궁금하다.

이름은 생각이 안 난다. 그녀의 이름은 내 머릿속에서 더 이상 생각나지 않는 얼굴들과 보이지 않는 음절로만 존재하는 이름들 중 하나가 되었다.

그녀는 버클리에서 살았고, 그해 봄에 나는 그녀를 파티에서 자주 보았다.

그녀는 섹시하게 차려입고 와인을 마시면서 자정이 될 때까지 사람들 사이를 돌아다니면서 시시덕거렸으며, 자기 팬티를 벗기려는 남자라면 누구하고나 어울렸는데, 대부분 차를 갖고 있는 내 친구들이었다. 하나둘씩 내 친구들은 그 여자가 만들어놓은, 그래서 자신을 기다리고 있는 운명에 화답했다.

"누구 버클리로 가는 사람 없나요? 버클리까지 차편이 필요한데요." 그녀는 언제나 에로틱하게 선언했다. 그녀는 자정을 알 수 있도록 작은 금시계를 차고 있었다.

그러면 언제나 내 친구 중 하나가 술에 취한 채 승낙하고 그녀를 버클리까지 태워주곤 했다. 그녀는 남자들을 자기의 작은 아파트로 들어오게 한 다음, 자기는 남자하고 자지 않으니까 원한다면 마루에서 자라고 말하곤 했다. 마루에는 모직 담요가 있었다.

내 친구들은 언제나 너무 취해서 샌프란시스코로 다시 돌아갈 수 없었고, 그래서 녹색 군용담요를 덮고 마루에서 자곤 했는데, 아침이면 류머티즘에 걸린 북미산 늑대처럼 몸이 뻣뻣해지고 심술궂은 채 깨곤 했다. 그녀는 커피나 아침식사를 만들어준 적이 없으며, 다시 샌프란시스코까지 그 남자의 차를 얻어 타고 갔다.

몇 주 후면, 그녀는 다른 파티에 나타났고, 자정이 되면 또다시 자신의 단골 대사를 읊곤 했다. "누구 버클리로 가는 사람 없나요? 버클리까지 차편이 필요한데요." 그러면 내 친구인 어떤 가엾은 병신 하나가 거기 넘어가서 마루에 깔린 담요와 만날 약속을 하는 것이었다.

분명코, 나는 그녀에게서 아무런 매력을 느끼지 못했다.

물론 나는 차가 없었다. 어쩌면 그래서였을까? 그녀의 매력을 이해하려면 우선 차가 있어야 했다.

어느 날, 우리는 술을 마시고 음악을 들으며 기분이 좋았다. 오, 그 좋았던 비트 세대의 날들이여! 수다 떨고 술 마시고 재즈를 듣던 시절이여!

그날 밤, 미스 '버클리 마루'는 언제나처럼 그녀의 시중을 들 준비가 되어 있는 내 친구들을 제외하면, 파티 장소 어디든 즐거움을 몰고 다녔다.

드디어 자정이 왔다! "누구 버클리로 가는 사람 없나요? 버클리까지 차편이 필요한데요." 그녀는 언제나 같은 말을 했다. 아마도 그게 잘 먹혀서였을 것이다. 완벽하게.

그녀와의 모험담을 내게 말해준 내 친구 중 하나가 나를 보더니, 술에 취해 성적으로 흥분해서, 그리고 아직 경험이 없어서 덥석 미끼를 문 다른 친구를 보며 미소 지었다.

"내가 태워주겠소." 그 경험 없는 친구가 말했다.

"좋아요." 그녀가 섹시한 미소로 말했다.

"마루에서 잘 자보라지." 내 친구가 나만 들을 수 있도록 말했다. 왜냐면 그 경험 없는 친구는 버클리 마루와 친해지도록 운명 지어졌기 때문이었다.

달리 말하자면, 이 여자의 수법은 벌침에 쏘인 사람들 사이에서만 통하는 은밀한 농담이 되어 누군가 버클리까지 카니발 여행을 하는 것을 보면 언제나 즐거워했다.

그 여자는 코트를 가지러 갔고 서둘러 밖으로 나갔다. 하지만 그녀는 그날 너무 많이 취한 나머지 속이 안 좋아서, 내 친구의 차로 갔을 때 그만 앞 범퍼에 잔뜩 토하고 말았다.

그녀가 위장을 완전히 비우고 기분이 약간 좋아졌을 때 내 친구는 그녀를 버클리까지 데려다주었고, 그 여자는 그를 빌어먹을 담요에 싸서 바닥에서 재웠다.

다음 날 아침, 그는 샌프란시스코로 돌아왔다. 몸이 굳고 숙취에 시달린 채, 여자에게 너무 화가 난 그는 그녀가 앞 범퍼에 토해놓은 것을 씻어내지 않고 그대로 두었다. 그는 그 토사물이 마치 배반당한 왕국이라도 되는 것처럼 그것이 풍파에 없어질 때까지 몇 달 동안 그대로 둔 채 샌프란시스코 거리를 몰고 다녔다.

사람들에게 사랑이 필요하지만 않았더라면, 이것은 재미있는 이야기가 되었을 것이다. 오, 주여. 때로 우리가 사랑을 찾기 위해 당하는 험한 꼴을 생각하면 슬프나이다.

아침에 여자가 옷을 입을 때

여자가 아침에 옷을 입을 때, 특히 새로 만난 여자여서 당신이 그녀가 옷 입는 것을 처음 보는 것은 정말이지 아름다운 가치의 교환이다.

당신들이 연인이었고 같이 잤으며 더 이상 할 일이 없을 때 여자는 옷을 입는다.

아마도 당신은 이미 아침을 먹었는지도 모르지만, 여자는 스웨터를 걸치고 당신에게 멋지고 간단한 아침을 차려주려고 달콤한 육체로 부엌을 휘젓고 다니며, 그녀가 놀랄 만큼 잘 아는 릴케의 시에 대해 둘이서 긴 토론을 했을 수도 있다.

하지만 이제 더 마실 수 없을 만큼 둘 다 충분히 커피를 마셨고 이제 여자는 집에 가야 하고 출근해야 하는 시간이며 당신은 할 일이 좀 있어서 집에 있으려 하고 둘이서 잠시 밖에 산책하러 나갈 수도 있고 아니면 당신이 집에 가야 하고 출근해야 하며 여자가 할 일이 좀 있어서 집에 남아 있으려 할 수도 있다.

혹은…… 심지어 그게 사랑일 수도 있다.

하지만, 어쨌든, 이제 그녀는 옷을 입는데, 그게 그토록 아름답다. 그녀의 몸은 천천히 사라졌다가 옷을 입은 채 다시 나타난다. 거기에는 처녀다운 어떤 것이 있다. 그녀가 옷을 입으면, 시작은 끝난 것이다.

덴버의 핼러윈

그녀는 핼러윈 저녁에 아이들이 캔디를 받으러 찾아오지 않을 거라고 생각하고 아무것도 사놓지 않았다. 사실 간단한 문제 같았다, 안 그런가? 자, 그런데 무슨 일이 일어날 수 있는지 보자. 재미있을 것이다.

우선 나부터 시작하자. 나는 그녀의 추측에 이렇게 말한다. "뭔가를 사두어야 해. 넌 텔레그래프 힐에 살고 있고, 여기는 아이들이 많아. 그중에는 찾아올 아이들이 틀림없이 있을 거야."

내가 그렇게 말하자, 그녀는 상점에 가더니 몇 분 후에 껌 한 상자를 사들고 돌아왔다. 껌들은 치클렛이라고 하는 작은 상자들 속에 들어 있고, 상자 속에는 또 작은 상자들이 많이 들어 있었다.

"이제 만족해?" 그녀가 물었다.

그녀는 양자리였다.

"그래." 내가 대답했다.

나는 물병자리였다.

우리에게는 호박이 두 개 있었는데, 둘 다 전갈자리였다.

나는 부엌 탁자에 앉아 호박으로 핼러윈 등불을 만들었다. 수년 만에 처음 해보는 것이었다. 그런대로 재미있었다. 내 호박의 눈 하나는 둥글었고, 다른 하나는 삼각형이었으며, 별로 밝지 않은 마녀의 미소를 띠고 있었다.

그녀는 달콤하고 붉은 양배추와 소시지로 멋진 저녁을 만들었고, 오븐에서는 사과파이가 구워지고 있었다.

그녀는 저녁식사가 준비되는 동안 자기 호박으로 등을 만들었다. 완성되었을 때 보니, 그녀의 호박은 상당히 모던했다. 핼러윈 등불이라기보다는 가전제품 같았다.

우리가 핼러윈 등불을 만들고 있는 동안 벨은 한 번도 울리지 않았다. 아이들이 찾아오지 않는 핼러윈이었고, 커다란 그릇에 담긴 엄청나게 많은 치클렛 껌이 기다리고 있었지만, 나는 당황하지는 않았다.

우리는 7시 30분에 저녁을 먹었고, 그때까지는 좋았다. 저녁을 먹은 후에도 아이들은 오지 않았다. 8시가 넘자 상황은 안 좋아 보였고 나는 초조해지기 시작했다.

나는 오늘이 혹시 핼러윈데이가 아닌가 생각하기 시작

했다.

그녀는 물론 불교신자의 분위기로 아름답게 처신했고, 아무도 문간에 와서 그림자를 드리우며 사탕을 받으러 오지 않는다는 것을 언급하지 않았다.

그래도 사태는 좋아지지 않았다.

9시에 우리는 그녀의 침대로 가서 이것저것 이야기하다가, "사탕 줄래, 골탕 먹을래"를 외치는 아이들에게 버림받은 것에 화가 나서 "그 빌어먹을 애새끼들은 다 어디 간 거야?" 하고 말했다.

나는 벨이 울리면 좀 더 빨리 갖고 나가려고 껌 상자를 침실로 가져왔다. 껌 상자는 침대 옆에 의기소침해진 채 놓여 있었다. 그건 보기에도 외로워 보였다.

9시 30분에 우리는 섹스를 시작했다.

54초 후에 우리는 아이들이 핼러윈 때 내는 소리를 지르며 층계를 달려 올라와 벨을 누르는 소리를 들었다.

나는 그녀를 내려다보았고, 그녀도 나를 올려다보았으며 우리는 서로 눈을 맞춘 채 웃음을 터뜨렸다. 하지만 크게 웃지는 않는데, 왜냐하면 갑자기 우리는 집에 있지 않았기 때문이었다.

우리는 덴버에 있었다. 길모퉁이에서 손을 잡은 채, 신호등이 바뀌기를 기다리며.

아틀란티스버그

　뒤에는 두 개의 당구 테이블이 있었고, 근처에는 술 취한 사람들이 잔뜩 있었다. 나는 방금 전에 해고되었지만 오히려 잘되었다고 생각하는 젊은이와 이야기하고 있었다. 그는 저녁 시간을 보내기가 답답해서 다음 주에는 일자리를 찾아보려고 생각하고 있었다. 그는 또한 집안 문제로 심란히디머 장황하게 이야기를 늘어놓았다.

　우리는 핀볼 머신에 기대어 서서 잠시 이야기를 나누었다. 뒤에서는 내기 당구가 계속되고 있었다. 머리를 우스꽝스럽게 깎은 작은 흑인 레즈비언이 노동자로 보이는 나이든 이탈리아인과 당구를 치고 있었다. 그 이탈리아인은 아마도 채소 상인이었거나 뭐 다른 상인이었을 거다. 레즈비언은 선원이었다. 그들은 게임에 열중해 있었다.

술 취한 사람 중 하나가 당구대에 술을 잔뜩 엎질렀고, 자신에게도 엎질렀다.

"가서 걸레를 가져와." 다른 술 취한 사람이 말했다.

엎지른 자는 주섬주섬 일어나더니 바에 가서 바텐더에게 걸레를 부탁했다. 바텐더는 바 너머로 몸을 기울이며 뭔가 말을 했는데, 잘 들리지 않았다. 술 취한 자는 돌아와서 앉았는데 걸레를 들고 있지는 않았다.

"걸레 어디 있어?" 다른 술 취한 사람이 말했다.

"바텐더가 그러는데, 내가 45달러 60센트 빚이 있대. 내 외상장부에……."

"난 45달러 60센트의 빚이 없어. 그러니 내가 가서 걸레를 가져오지. 당구 테이블이 엉망이잖아." 그리고 자기는 바텐더에게 45달러 60센트의 빚이 없다는 것을 증명하기 위해 일어났다.

테이블은 다시 정상으로 돌아왔다. 그들은 내가 알아들을 수 있는 말을 했다.

드디어 내 친구가 말했다. "정말 지루한 밤이군. 저 동성애자가 치는 당구나 구경해야지."

"나는 여기서 저 술 취한 사람 셋이서 하는 말이나 들을 거야." 내가 말했다.

그는 저쪽으로 가서 흑인 레즈비언이 이탈리아 사람과 당구 치는 것을 보았다. 나는 핀볼 머신에 기대서서 술 취한 사람들이 잃어버린 도시에 대해 이야기하는 것을 듣고 있었다.

독 타워에서 보는 경치

……세 마리의 독일산 셰퍼드 강아지들이 집을 니기서 가운
티의 경계선을 떠돌았다.

〈노스카운티저널〉
노스샌타크루즈 카운티를 담당하는

나는 〈노스카운티저널〉에서 몇 달 전에 읽은 이 작은 기
사에 대해 생각 중이다. 그것은 작은 비극의 경계를 포함하
고 있었다. 나는 우리가 세계에서 발생하고 있는 공포에 둘
러싸여 있다는 것을 잘 알기에—베트남, 기아, 폭동, 희망
없는 공포 속의 삶 등—강아지 세 마리의 실종이 대단한 사
건은 아니라는 걸 잘 안다. 그러나 나는 그들을 걱정하며,

그 단순한 사건이 보다 큰 고뇌의 축소판일 수도 있다고 생각한다.

'……세 마리의 독일산 셰퍼드 강아지들이 집에서 떠나 카운티의 경계선을 떠돌았다.' 그건 마치 밥 딜런의 노래 가사 같았다.

어쩌면 그 강아지들은 서로 짖고 뒤쫓고 놀다가 숲 속으로 들어가서 실종된 것인지도 모른다. 작은 강아지처럼 굽실거리며, 위장이 뇌를 지배하는 동물이기에 자기들에게 무슨 일이 일어났는지도 모른 채 먹을 것을 찾아 헤매고 있는지도 모른다.

그들의 목소리에는 이제 두려움과 배고픔만이 깃들고, 철없이 놀던 시절, 그들을 숲 속으로 인도한 부주의한 즐거움의 날은 이제 끝난 것이다.

나는 이 가엾은 길 잃은 개들이 어쩌면 우리가 조심하지 않으면 그렇게 될 우리 미래의 그림자일 수도 있다는 생각에 두려웠다.

그레이하운드의 비극

그 여자는 자기 인생이 영화잡지에 실리는 비극, 즉 젊은 배우가 죽어서 긴 행렬의 조문객들이 울고, 시체는 위대한 그림보다 더 아름다운 그런 것이 되기를 원했다. 그러나 실제로 그녀는 자기가 태어나서 자란 작은 오리건 주 마을을 벗어나본 적이 없었으며 할리우드에 가서 죽은 적도 없었다.

경제공황 시기이긴 했지만, 그녀의 아버지는 지방의 JC 페니 백화점의 매니저였고 재정적으로 가족들에게 힘이 되었기 때문에 그녀는 어려운 경제에 영향받지 않고 안락하게 살았다.

영화는 그녀 인생의 종교였고, 그녀는 마치 교회에 가듯 팝콘 한 봉지를 들고 극장에 갔다. 영화잡지는 그녀가 신학

박사처럼 열성적으로 공부하는 성경이었다. 그녀는 아마도 교황보다도 영화에 대해 더 잘 알았을 것이다.

세월은 마치 그녀의 영화잡지처럼 흘러갔다―1931, 1932, 1933, 1935, 1936, 1937, 그리고 1938년 9월 2일이 되었다.

드디어 그녀가 할리우드에 가려면 행동을 개시해야 하는 때가 왔다. 그녀와 결혼하고 싶어 하는 남자가 생긴 것이다. 그녀의 부모는 그의 미래에 대단히 큰 관심을 보였다. 그들은 그가 포드 자동차 세일즈맨이었기 때문에 승낙했다. "포드는 훌륭한 전통을 갖고 있는 회사란다." 그녀의 아버지가 말했다. 사태는 그녀가 원하는 대로 되어가고 있지 않았다.

그녀는 여러 달 동안 할리우드까지 가는 차비가 얼마인지 알아보러 고속버스 터미널에 갈 용기를 길렀다. 때로는 하루 종일 버스 터미널 생각만 하기도 했다. 그녀는 몇 번이나 현기증을 느껴 앉아 있어야 했다. 전화로 물어봐도 된다는 생각은 결코 떠오르지 않았다.

그렇게 고민하는 동안 그녀는 절대 버스 터미널 근처는 지나지 않는 것을 철칙으로 삼았다. 그러나 생각하는 것과 실제로 행동하는 것은 엄연히 달랐다.

한번은 어머니와 둘이서 다운타운에 갔는데, 어머니가 버스 터미널이 있는 거리로 접어들자 그녀는 다른 거리의 상점에서 살 게 있다면서 다른 길로 가자고 졸랐다.

구두나 뭐 그런 걸 사야한다고.

그녀의 어머니는 별 생각 없이 다른 길로 방향을 틀었다. 딸에게 왜 얼굴이 빨개졌느냐고 물어볼 생각도 하지 않았다. 왜냐하면 딸이 평소에 뭘 부탁하는 일은 거의 없었기에 그럴 수도 있다고 생각되었기 때문이었다.

어느 날 아침, 어머니는 딸에게 우편으로 오는 수많은 영화잡지에 대해 이야기하려고 했다. 이러다가는 언젠가 우편함이 영화잡지로 가득차서 드라이버로 우편물을 꺼내야 할 것 같아서였다. 그러나 정오가 되자 그만 그 일을 잊어버렸다. 어머니의 기억력은 언제나 정오를 넘기지 못했다. 대개는 11시 30분만 되면 사라졌는데, 그래도 그녀는 요리법만 단순하면 요리만큼은 제법 잘했다.

시간은 클라크 게이블 영화를 볼 때 먹는 팝콘처럼 없어져갔다. 그녀의 아버지는 최근 그녀가 고등학교를 졸업한 지 3년이나 되어서 뭔가를 해야 한다는 눈치를 많이 주었다.

그녀의 아버지는 자격도 없이 JC 페니 백화점의 매니저가 된 것이 아니었다. 최근에, 사실은 1년 전부터 딸아이가 집 안에 하루 종일 죽치고 앉아서 눈을 접시만큼 크게 뜨고 영화잡지를 읽는 것에 그는 지쳐 있었다. 그는 점차 딸을 빈둥거리는 골칫거리로 생각하게 되었다.

아버지가 눈치를 주는 것과 포드 자동차 세일즈맨의 네 번째 청혼이 맞물렸다. 그동안 그녀는 세 번의 청혼을 잠시 생각해볼 시간이 필요하다는 핑계로 거절해왔는데, 사실은 버스 터미널에 가서 할리우드에 가는 비용을 물어볼 용기를 낼 시간을 벌기 위한 수단이었다.

드디어, 자신의 욕망의 무게에 못 이겨, 그리고 아버지의 눈치를 견딜 수 없어 어느 따뜻한 날 황혼 무렵에 그녀는 설거지를 마치고 집을 떠나 천천히 버스 터미널로 걸어갔다. 1938년 3월 10일부터 1938년 9월 2일까지 그녀는 할리우드까지 가는 버스비가 얼마인가를 생각하며 지냈던 것이다.

버스 터미널은 비非낭만적이고 황량했으며 은막과는 거리가 멀었다. 늙은이 두 명이 벤치에 앉아 버스를 기다리고 있었다. 노인들은 피곤해하고 있었다. 그들인 목적지가 어디든 거기에 가 있기를 원했다. 그들의 가방은 타버린 전구 같았다.

표를 파는 사람은 무엇이든 팔 수 있을 사람처럼 보였다. 세탁기나 잔디밭용 의자나 티켓을 팔아도 잘할 사람 같았다.

그녀는 얼굴이 붉어졌고 초조해졌다. 버스터미널에서 그녀는 이방인이 된 것 같았다. 그녀는 다음에 도착하는 버스에서 내릴 누군가를, 예컨대 이모를 기다리는 척하며, 용기를 내어 창구로 가서 할리우드까지 가는 버스비를 물어볼 용기를 축적하고 있었다. 그러나 그건 다른 사람들에게는 아무런 관심거리도 되지 못했다.

그녀가 마치 지진을 만난 빨간 사탕무처럼 빨개졌어도 아무도 그녀를 바라보지 않았다. 아무도 관심이 없었다. 9월의 어리석은 밤에 그녀는 할리우드 가는 차비가 얼마인지 알아볼 용기가 끝내 없었다.

따뜻한 오리건의 밤에 집으로 돌아오는 내내, 발이 땅에 닿을 때마다 죽고 싶어하며 그녀는 울었다. 바람도 없었고, 어둠은 위로가 되었다. 그것들은 마치 사촌처럼 느껴졌고, 그래서 그녀는 젊은 포드 세일즈맨과 결혼해서, 제2차 세계 대전이 일어난 해만 빼고는 매년 새 차를 운전했다.

그녀는 진과 루돌프라고 이름 붙인 두 아이의 엄마가 되었고, 그래서 아름다운 영화배우의 죽음은 잊어버렸다. 그러나 31년이 지난 후에도, 버스 터미널을 지나갈 때면 그녀는 여전히 얼굴이 붉어졌다.

미친 노파들이 오늘날 미국의 버스를 탄다

마샤 파코드를 위해

지금 내 뒤에 그런 여자가 한 사람 타고 있다. 그녀는 플라스틱 꽃이 달린 낡은 모자를 쓰고, 눈은 마치 과일에 달라붙는 파리처럼 자기 얼굴을 앞뒤로 훑어보고 있다.

그 여자 옆에 앉은 남자는 죽은 척하고 있다.

여자는 남자에게 토요일 밤 열기 가득한 볼링장에서 수백만 개의 핀들이 그녀의 이빨 사이로 부딪혀 넘어지듯 쉴 새 없이 속사포로 지껄여댔다.

그녀 옆의 남자는 늙고 몸집이 아주 작은 중국인이었는데, 10대 청소년 옷을 입고 있었다. 그의 코트와 신발과 모자는 열다섯 살 소년에게나 맞는 것이었다. 나는 많은 중국인 노인들이 청소년의 옷을 입는 것을 보았다. 그들이 상점에 가서 그런 옷을 사는 것은 이상했을 것이다.

중국인은 창문 옆에 흐트러진 채 몸을 기대고 있었고, 숨 쉬는 것 같지도 않았다. 그러나 여자는 그가 죽었는지 살았는지에 대해서는 관심도 없었다. 그는 여자가 옆에 앉아 쓸모없는 자기 자녀들과 알코올 중독자인 남편, 언제나 술에 취해 있는 그 주정뱅이 개새끼가 안 고쳐줘서 비가 새는 자동차 이야기를 쏟아놓기 전까지는 분명 살아 있었다. 그 여자는 자기는 언제나 카페에서 일해서 이제는 지겹다는 둥, 자기가 세상에서 가장 나이 많은 웨이트리스일 거라는 둥, 늘 서서 일해서 빌이 밍가졌다는 둥, 아들놈은 형무소에 가 있고, 딸년은 주정뱅이 트럭 운전사하고 살면서 애새끼를 셋 낳았는데 집 안을 온통 어지르며 뛰어다닌다는 둥, 더 이상 라디오를 들을 수가 없어서 텔레비전이 있었으면 한다는 둥…… 그녀의 말은 끝없이 계속되었다.

그녀는 라디오는 도대체 자신이 들을 만한 프로그램이 없어서 10년 전에 듣기를 포기했으며, 프로그램이라고는 음악과 뉴스밖에 없는데 자기는 음악을 좋아하지 않고 뉴스는 알아듣지 못한다고 지껄였다. 여자는 이 빌어먹을 중국인이 죽었는지 살았는지에 대해서는 아무 관심이 없었다.

여자는 23년 전 쯤 새크라멘토에서 중국음식을 먹었는데, 그 후 닷새 동안 설사를 했다고 떠들었다. 그녀에게 보이는 것이라고는 자기 입을 향해 있는 귀 하나였다.

그 귀는 작고 노란, 죽은 나팔 같았다.

정확한 시각

신나는 이야기를 하나 하려고 한다. 사실 몇 개 더 할 수도 있다. 그것들이 중요하고 사물을 변화시킬 수 있어서는 아니다. 다만 30번 스톡턴 버스에 치인 이야기는 예외이지만. 그건 또 다른 이야기다.

내 여자친구는 약속시간에 늦었다. 그래서 나는 혼자 공원에 갔다. 나는 책방에서 부유한 환경의 사람들이 끊임없이 섹스하는 이야기를 담은 책들을 읽으며 기다리는 것에 싫증이 났다. 그녀는 예뻤다. 하지만 나도 나이 들고 있었고, 기다리는 데 지칠 대로 지쳤다.

그날은 샌프란시스코에서는 가을이 되어야 볼 수 있는 전형적인 여름 날씨였다. 공원은 여전했다―어린이들은 오늘이 내 젊음의 날이라는 듯 열심히 놀고 있었고, 노인들은 곧 무덤 속에서 어두워질 육신에 햇볕을 쪼이고 있었으며, 비트 세대는 새로운 양탄자를 가져올 히피 지도자를 기다리면서 낡은 양탄자처럼 잔디밭에 여기저기 누워 있었다.

나는 공원을 한 바퀴 돈 다음 앉았다. 천천히 길게 원을 그리며 돌고는 사뿐히 앉았다. 그런 다음 앉아서 내가 있는 곳을 살펴보았다. 노인 하나가 시각을 물었다.

"3시 15분이요." 나는 몇 시인지 몰랐지만 돕고 싶어서 대답했다.

"고맙소." 그가 대답했다.

3시 15분이 그 노인이 원하던 시각이었고, 그를 가장 기쁘게 해주는 시각이었기 때문에 정확한 시각이었다. 나는 기분이 좋았다.

나는 거기 잠시 앉아 있었고, 그동안 기억하거나 잊어버릴만한 아무것도 보지 못했다. 나는 일어서서 행복한 노인을 뒤로하고 떠났다.

미국의 보이스카우트가 내가 알아야 할 모든 것을 가르쳐주었고, 나는 오늘 충분히 좋은 일을 했다. 이제 완벽한 하루를 만들기 위해 내게 필요한 것은 노쇠한 소방차를 찾아 길을 건너게 해주는 것이었다.

"고맙네." 관절염에 걸린, 노인 냄새가 나는 붉은 페인트, 백발로 뒤덮인 사다리, 사이렌 스피커 위의 약한 백내장 같은 경광등.

내가 떠나려는 공원에서 아이들은 비눗방울 놀이를 하고 있었다. 아이들은 마술 거품과 금속 링이 달린 작은 막대로 공중에서 서로 만나는 비눗방울을 날리고 있었다.

공원을 떠나는 대신, 나는 비눗방울들이 공원을 떠나는 것을 서서 바라보았다. 그들은 수명이 짧았다. 나는 그들이 거리에서 보도 위에서 갑자기 죽어 사라지는 것을 바라보았다. 무지개 같은 모습도 더는 존재하지 않았다.

나는 무슨 일이 벌어지고 있는가, 의아해했고, 가까이 다가가서 그것들이 공중에서 곤충들과 부딪치는 것을 보았다. 얼마나 멋진 아이디어인가! 바로 그때 비눗방울 하나가 30번 스톡턴 버스에 치였다.

픽! 신이 오른 트럼펫과 위대한 콘체르토가 충돌하듯 방울은 부서져 사라졌다. 그리고 상징적으로 다른 거품들이 어떻게 위대한 스타일로 사라지는가를 보여주었다.

독일의 휴일

이제 그것을 드러내 알리자. 나는 휴일 전문가는 아니다. 내게는 휴일을 즐길만한 돈이 없다. 내가 가난하다고 해도 좋다. 사실이니까 그렇게 말해도 괜찮다.

나는 서른 살이고, 내 평균 수입은 지난 10년동안 연봉 1,400달러이다. 미국은 부자 나라여서 때로 나는 반미주의자가 되기도 한다. 내 말은, 내가 내 미국시민권을 합리화시킬 만큼의 돈을 벌지 못하기 때문에 미국을 실망시키고 있다는 느낌이 든다는 얘기다.

어쨌든, 연봉 1,400달러로는 휴일을 즐길 수 없다. 어제 나는 샌프란시스코를 떠나 일종의 망명을 가는 심정으로 몬터레이행 그레이하운드 버스를 탔다.

이유는 말하지 않겠다. 사실 이건 나와 직접적인 관련이 없기 때문에, 어떤 의미를 너무 부여하려고 하면 이야기를 망치기 쉽다. 난 그저 여행을 떠난 것뿐이기 때문이다.

이 이야기는 버스에 탄 독일 청년 두 명에 대한 이야기다. 그들은 둘 다 20대 초반이었고, 내 앞좌석에 앉아 있었다. 그들은 3주 휴가로 미국에 왔다. 그리고 유감스럽게도 그 기간이 끝나가고 있었다.

버스가 몬터레이를 향해 출발하자, 그들은 여기저기를 가리키며 관광객답게 독일어로 시끄럽게 떠들어댔다.

창가에 앉은 청년은 지나가는 미국 자동차 속에 들어 있는 내용물에 비상한 관심을 보였는데, 특히 여자에 대해서 그랬다. 운전하는 예쁜 여자를 지나칠 때마다 그는 마치 그것이 자기 미국 여정의 일부라도 되듯, 친구에게 저것 좀 보라고 여자를 가리켰다.

그들은 건강하고 정상적인 섹스 악마들이었다.

폭스바겐이 지나가자, 그는 즉시 자기 친구에게 폭스바겐을 타고 있는 두 명의 예쁜 여자를 가리켰다. 독일 청년들은 이제 미국 여자들을 보려고 창유리에 얼굴을 누르고 있었다.

조수석에 앉은 여자는 바로 우리 밑에 있었는데, 짧은 금발머리에 온화한 흰 목이 보였다. 폭스바겐과 버스는 같은 속도로 달리고 있었다.

독일 청년들이 계속해서 내려다보자 그 여자는 다소 불

편해지고 자의식적이 되었는데, 그녀의 차에서는 우리가 보이지 않았기에 그녀는 자신이 왜 그런 느낌을 받는지 모르고 있었다. 그런 경우 여자들이 흔히 그러하듯 그 여자도 자기 머리칼을 만지작거렸다. 무슨 일인지도 모른 채.

폭스바겐의 차선이 서행하자 우리 버스가 굉음을 내며 앞질러 갔다 1분 쯤 후 폭스바겐이 다시 버스 옆에 따라붙었다.

독일 청년들은 즉시 기회를 포착하고, 오래된 수법인 '캔디 스토어 섹스 윈도우 신드롬'*'을 위해 다시 얼굴을 창유리에 댔다.

이번에는 그 여자가 올려다보고, 독일청년들이 크게 미소 짓고 시시덕거리며 자기를 내려다보고 있는 것을 발견했다. 그녀도 모호한 미소를 살짝 지었다. 그녀는 프리웨이의 모나리자 같았다.

교통체증이 발생했고, 폭스바겐은 다시 한 번 뒤쳐졌다. 그러나 2분 후에 다시 버스 옆으로 따라붙었다. 우리는 둘다 시속 60마일(96킬로미터)로 달리고 있었다.

이번에는 금발의 온화하고 흰 목의 여자가 버스에서 자기를 내려다보며 시시덕거리는 독일청년들을 올려다보며 함빡 미소를 지으며 열심히 손을 흔들었다. 남자들이 그녀

* 어린이들이 캔디 스토어 윈도우를 선망과 욕망의 눈초리로 들여다보는 것을 여성을 바라보는 남성의 시선에 비유한 것.

의 냉정함을 깬 것이다.

독일 청년들도 만국기처럼 손을 흔들고 시시덕거리며 미소를 날렸다. 그들은 아주 행복했다. 아, 아메리카여!

그 여자는 예쁜 미소를 지을 줄 알았다. 그녀의 친구도 한손으로는 폭스바겐을 운전하며, 다른 손을 흔들었다. 그녀 역시 미인이었고, 금발이었지만 긴 머리였다.

독일 청년들은 미국에 와서 멋진 휴가를 보냈다. 그들이 버스에서 내려 폭스바겐에 탈 수 없어서 유감이었지만 그런 건 어차피 불가능했다.

이윽고 그녀들은 팔로알토 출구로 빠져서 영원히 사라졌다. 혹시라도 내년에 그녀들이 독일에 가서 버스를 타고 아우토반을 달린다면 또 모르지만.

모래성

캘리포니아 해안에 신들린 지문처럼 달라붙어 있는 포인트레이스 반도에 이상한 담이 자라나고 있다. 하얀 포르투갈 유제품들이 사이프러스 나무의 돌봄을 받으며 갑자기 나타났다가 원래 존재하지도 않았던 것처럼 사라지는 이곳에서, 이상한 조망은 부단히 파도에 휩쓸려 시야에서 사라지거나 너무나 친밀하게 다가온다.

하늘에는 매들이 낡은 철길의 감시인처럼 내려덮쳐 시차를 두고 게걸스럽게 먹을 수 있는, 저 아래 어딘가에서 돌아다니고 있을 단백질을 찾아 선회하고 있었다.

나는 포인트레이스에 자주 가지는 않는다, 왜냐하면 솔직히 말해서 별로 끌리지 않아서이다. 하지만 일단 가면, 나는 언제나 그곳을 즐기는 편이다. 말하자면, 만일 즐긴다는 말이 맞는 표현이라면, 공동묘지처럼 보이는 담장이 늘어서 있는 길을 운전한다는 것은 반은 모호하고 반은 활발한 정신적 밀도 속에 길을 잃는 것과도 같다.

나는 대개 마지막에는 반도의 끝에 있는 맥클루어스 해변에 간다. 거기에는 차를 둘 주차장이 있고, 거기서 조그만 하천을 따라 계곡을 내려가면 해변이 나오는 좋은 산책 코스가 있다.

하천에는 물냉이가 풍성하게 자라고 있다.

계곡의 구비로 천천히 내려가노라면 발걸음마다 특이한 꽃들이 피어 있고, 드디어는 태평양이 나오며 그리스도가 살았을 때 카메라가 있었더라면 찍었을 사진 같은, 그러니 지금은 자기가 사진의 일부가 되는 드라마틱한 해변이 펼쳐진다. 하지만 때로는 우리가 진짜 거기에 있는지 자신을 꼬집어보아야 한다.

수년 전 어느 날 오후에 친구와 함께 포인트레이스에 간 때를 기억한다. 내 마음은 바로 그런 장소에 가 있었는데, 끊임없이 매가 하늘을 선회하는, 추상적 풍경과 친밀감으로 펼쳐지는 반도 속으로 깊숙이 운전해 들어가면서 우리는 담장을 응시했다.

우리는 맥클루어스 해변에 주차했다. 차를 주차하던 소리를 지금도 기억하고 있다. 소음이 대단했기 때문이다. 거기에는 다른 차들도 주차되어 있었다. 우리 차는 완전히 주차가 끝난 다음에도 시끄러운 소음을 냈다.

우리가 서서히 아래로 내려가는 동안 따뜻한 안개가 계곡을 휘감아왔다. 우리 앞 100피트(30미터)는 아예 안개에 파묻혔다. 우리 뒤의 100피트도 안개에 묻혔다. 우리는 망각 사이의 캡슐 속을 걷고 있었다.

꽃들이 우리 주위에 조용히 만개해 있었다. 꽃들은 마치 14세기의 이름 없는 프랑스 화가가 그린 것처럼 우리를 바라보고 있었다. 나와 내 친구는 한참이나 아무 말도 하지 않고 서 있었다. 아마도 우리의 혀가 그 화가의 붓에 합세했기 때문이었을 것이다.

나는 하천의 물냉이를 바라보았다. 그건 부유하게 보였다. 자주는 아니지만 물냉이를 볼 때면 나는 부자들을 생각한다. 오직 부자들만 물냉이를 가질 수 있고 진귀한 요리에 사용하기 때문에, 지하실에 간직해 가난한 사람들이 범접하지 못하게 한다.

갑자기 우리는 계곡의 굽이길을 돌았고, 거기서 수영복을 입은 잘생긴 10대 소년 다섯이서 10대 소녀들을 모래에 묻는 것을 보았다. 그들 모두 고전적인 캘리포니아 대리석으로 조각된 것 같았다.

소녀들은 각기 다른 모습으로 묻혀 있었다. 그중 하나는 얼굴만 빼고는 완전히 모래에 묻혀 있었다. 그녀는 긴 머리칼의 아름다운 소녀였는데, 그녀의 머리카락은 머리에서 흘러나오는 일종의 어두운 혹은 옥색 물처럼 모래에 펴져 있었다.

모래 속에 묻힌 여자들은 모두 행복했고, 그녀들을 모래 속에 묻은 남자들도 역시 행복했다. 그들은 모든 놀이를 소진해서 드디어는 10대들의 무덤 파티 놀이를 했던 것이다. 그들 주위에는 온통 수건과 맥주 깡통과 비치 비스킷과 피크닉에서 남은 음식으로 가득 차 있었다.

우리가 그들 옆을 지나 태평양으로 내려갈 때, 그들은 우리에게 별 관심이 없었으며, 나는 내가 아직도 그리스도가 만들어놓은 그 사진 속에 있는지 확인하기 위해 심리적으로 나 자신을 꼬집어봐야 했다.

용서받은 자

여기 내가 하려는 이야기는 앞에 나온 이야기인 〈앨마이러〉와 친한 친구 혹은 연인 사이이다. 두 이야기는 롱톰 강을 다루고 있고, 그 강이 내 정신적 DNA였던, 즉 내가 10대였던 시절을 다루고 있다.

난 정말 그 강이 필요했다. 리처드 브라우티건은 송어낚시와 그것이 보여주는 환경의 망원경을 철저히 다루고 있는 《미국의 송어낚시》라는 소설을 썼다. 그래서 그 작가와 같은 주제를 이야기하는 것이 좀 쑥스럽기는 하지만, 그래도 해야만 할 것 같아 그냥 계속하려고 한다.

나는 강의 일부가, 베스트셀러가 놓인 커피 테이블보다 별로 더 크지 않은 산 속의 롱톰 강에서 송어낚시를 하곤 했다.

송어들은 몸길이가 15~25센티미터 정도 되는, 아주 작은 컷스롯 종이었고, 낚시는 재미있었다. 나는 낚시에 소질이 있었고, 운만 따라주면 한 시간 남짓에 내게 할당된 10마리를 낚을 수도 있었다.

롱톰 강은 40마일(64킬로미터) 떨어져 있었고, 나는 대개 오후에 히치하이크해서 갔으며, 황혼 무렵에 다시 40마일을 히치하이크해서 집으로 돌아오곤 했다.

몇 번은 비가 오는데 히치하이크를 해서 비를 맞고 낚시를 했다. 그런 날에는 비에 젖은 채 80마일을 다녀왔다.

나는 롱톰 강 건너편 다리에서 내려서 강 건너 또 다른 다리까지 반마일 가량에서 낚시를 했다. 그건 천사처럼 보이는 나무다리였다. 강은 다소 흐렸다. 다리 사이 천천히 내려앉는 풍광을 통해서 하는 온화한 낚시였다.

흰 나무로 만든 천사처럼 보이는 두 번째 다리 밑에서 롱톰 강은 아주 이상한 방식으로 흘렀다. 강은 어두웠고 귀신이 나올 것 같았으며, 말하자면 이런 식이었다. 100야드(91미터)마다 커다란 늪 같은 웅덩이가 있었고, 강물은 그 웅덩이에서 나와 그림자처럼 촘촘히 짜인 터널 같은 나무들에 둘러싸인 채 물살이 빠르고 옅은 곳으로 흘러갔고, 그런 다음 늪 같은 다음 웅덩이로 흘러갔는데 나는 거기까지는 내려가지 않았다.

그러나 8월의 어느 날 오후, 나는 천사 다리까지 가서 낚시질을 했는데, 그날은 별로 성적이 좋지 않았다. 단지 네댓 마리만 잡았을 뿐이었다.

비가 오고 있었고 산은 아주 더웠으며 해가 지려 하고 있었다. 황혼이었을 수도 있다. 비가 왔기 때문에 정확한 시간을 알 수 없었다.

어쨌든 나는 바보 같고 유치한 이유로 다리 아래로 내려가 그 잘 만들어진 강 터널과 커다란 늪 같은 확 트인 웅덩이에서 낚시를 해보기로 했다.

사실 거기로 내려가기에는 너무 늦었고 나는 당장 몸을 돌려 거기서 나와 40마일을 히치하이크해서 비를 맞으며 집으로 돌아와야 했었다.

그냥 거기서 만족하고 돌아 나왔어야 했었다.

하지만, 안 돼. 나는 그만 거기에서 낚시를 시작했다. 터널 속은 열대의 온도였고 나는 터널이 커다란 늪 같은 웅덩이로 흘러들어가는 곳에서 낚시를 했다. 나는 깊고 따뜻한 갯벌을 헤치며 앞으로 헤치고 나가야 했다.

나는 33센티미터쯤 되는 송어를 놓쳤고, 그래서 더욱 열이 받아서 나무천사 다리를 지나고, 늪 같은 웅덩이를 여섯 개나 지나 계속 더 멀리멀리 나아갔다. 갑자기 순식간에 빛이 사라지더니 완전히 밤이 되어버렸다. 나는 여섯 번째 웅덩이의 중간쯤에 서 있었는데, 앞에도 어둠과 물, 뒤에도 어둠과 물밖에 없었다.

이상한 빌어먹을 두려움의 충격이 나를 엄습해왔다. 아드레날린으로 만든 수정 샹들리에가 지진에 요란하게 흔들리는 느낌이었다. 나는 커다란 늪 같은 웅덩이에 둘러싸인 악어처럼, 그리고 얕은 터널로 달려 들어가는 개처럼 물을 튀기며 몸을 돌려서 강 상류로 도망쳤다.

드디어 내가 마지막 터널 밖으로 나와서 밤을 배경으로 서 있는 다리의 희미한 윤곽을 보았을 때, 내 영혼은 구조와 피난처의 희망 속에서 다시 태어난 것 같았다.

가까이 다가갈수록 다리는 하얀 나무천사처럼 모습을 드러냈다. 비에 푹 젖은 채, 그러나 끊임없이 내리는 저녁 산비에도 전혀 추위를 느끼지 않은 채 나는 다리에 걸터앉아 쉬었다.

내가 이 이야기를 쓰는 걸 리처드 브라우티건이 용서해주기 바란다.

미국 국기 전사(轉寫)

이 이야기는 픽업트럭의 뒷 창에 붙은 미국 국기 전사^{轉寫}로부터 시작되지만, 여러분은 그걸 거의 볼 수 없다. 왜냐하면 그 트럭은 멀리 가버렸고, 고속도로를 벗어나 작은 길로 사라져버렸기 때문이다. 하지만 우린 처음부터 다시 시작한다.

동부에서의 불행했던 한 달간의 체류를 마치고 다시 캘리포니아로 돌아와서 기쁘다. 뉴욕과 다른 곳은…… 너무 취해 있었고, 날마다 추운 가을비가 내렸으며 거기서 만난 여자와의 사랑은 불행으로 호흡하는 거울과도 같았다.

이제 친구와 둘이서 캘리포니아의 시골길을 운전하면서, 우리가 할 일이라고는 그의 고장 난 정화조를 고쳐줄 누군가를 찾는 일 뿐이었다. 정화조를 잘 알고 그걸로 먹고사는 사람을 바로 찾아야 한다.

우리는 우리가 어디 사는지 안다고 생각했던 정화조 기사를 찾아서 길을 하나씩 지났다. 그리고 정화조 수리기사가 살 것이라 생각되는 곳을 찾아갔다. 그러나 우리는 틀려도 너무 틀렸다. 그곳은 꿀을 파는 곳이었다.

우리가 어떻게 해서 그런 잘못을 저질렀는지 알 수가 없었다. 정화조 수리기사는 우리가 찾아간, 방충망 뒤에서 꿀을 파는 여자의 집과는 전혀 다른 곳에서 살고 있었다.

우리는 그게 재미있다고 생각했고 그들도 그랬다. 우리는 스스로 비웃었고 그들도 우리를 비웃었다. 우리는 웃었고, 사람이 인생의 여정에서 어떻게 식료품 상점을 갖게 되거나 의사가 되거나 정화조를 잘 알게 되는지, 그리고 어떻게 누군가가 꿀을 팔려고 결정했으며, 그걸 정화조 수리기사와 혼동했는지에 대해 이야기하며 차를 몰고 그곳을 떠났다.

결론적으로 말해, 우리는 우습게도 정신적으로 좀 더 떨어진 곳에 살고 있는, 정화조를 고치는 데 필요한 공구에 둘러싸여 있는 정화조 수리기사를 만날 수 있었다.

세 사람이 고장 난 트럭을 고치고 있었다. 그들은 일을 중단하고 몸을 돌려 우리를 바라보았다. 그들은 시골 사람답게 대단히 진지했다.

"오늘은 안 됩니다. 오늘은 이 트럭을 고쳐야 해요. 그래야 사냥을 가지요."

그게 이 이야기의 전부다. 그들은 그 트럭을 고친 후 곰 사냥을 갈 것이었다.

우리의 정화조는 어린아이처럼 투명하다. 곰이 더 중요하다. 나는 캘리포니아에 다시 돌아와서 기쁘다.

제1차 세계대전과 로스앤젤레스 비행기

장인은 로스엔젤레스의 조그만 셋집 앞방의 텔레비전 옆에서 누워 죽은 채로 발견되었다. 그때 아내는 아이스크림을 사러 상점에 가고 없었다. 초저녁이었고, 가게는 겨우 몇 블럭 떨어진 곳에 있었다. 우리는 아이스크림 무드였다. 그때 전화벨이 울렸다. 처남이었는데, 장인이 그날 오후에 돌아가셨다는 것이었다. 장인은 일흔 살이었다. 나는 아내가 아이스크림 가게에서 돌아오기를 기다렸다. 나는 가장 덜 고통스러운 방법으로 장인의 죽음을 알리려고 애를 썼지만, 죽음은 원래 말로는 덮을 수 없는 사건이다. 언제나 말의 마지막에 가서는 누군가가 죽는다.

가게에서 돌아왔을 때, 아내는 기분이 좋았다.

"왜 그래?" 아내가 물었다.

"당신 오빠가 방금 로스앤젤레스에서 전화했어." 내가 말했다.

"무슨 일인데?" 그녀가 말했다.

"오늘 오후에 당신 아버지가 돌아가셨대."

그때는 1960년이었고 지금은 몇 주만 지나면 1970년이 된다. 장인이 죽은 지도 10년이 다 되었고, 나는 그의 죽음이 우리 모두에게 어떤 의미가 있는지 내내 생각해왔다.

1. 장인은 독일계였고 사우스다코타 주에서 성장했다. 그의 할아버지는 세 아들을 그들이 성장한 후에도 어린 시절 때와 똑같이 대해서 완전히 망친 끔찍한 폭군이었다. 그의 눈에 비친 아들들은 전혀 성장하지 않았고, 아들들의 눈에도 전혀 성장하지 않았다. 그는 그렇게 확신했다. 그들은 결코 농장을 떠나지 않았다. 물론 아들들은 결혼했지만, 종마가 새끼를 낳듯 손자들을 낳은 것을 제외하면 여전히 할아버지가 모든 것을 관장했다. 할아버지는 아들들이 손자를 훈육시키는 것을 절대 허락하지 않았다. 대신 자기가 그 일을 했다. 그래서 장인은 언제나 자신의 아버지를 할아버지의 냉혹한 분노를 피해야만 하는 또 다른 자기 형제로 생각했다.

2. 장인은 머리가 좋아서 열여덟 살에 학교 교사가 되어

농장을 떠났는데, 그건 할아버지에 대한 혁명이었고, 할아버지는 그날 이후로 그를 죽은 사람으로 치부했다. 장인은 곡간 뒤에 숨어서 살아온 자기 아버지처럼 되고 싶지는 않았다. 그래서 그는 중서부에서 3년 동안 교편을 잡은 후 자동차 판매 시대의 초기에 자동차 세일즈맨으로 일했다.

3. 그는 일찍 결혼했다가 일찍 이혼했다. 그는 그걸 알리고 싶지 않아서 그걸 자기 집안의 은밀한 비밀로 간직했다. 아마도 장인은 사랑에 빠졌었는지도 모른다.

4. 제1차 세계대전 직전에 끔찍한 교통사고가 났는데, 장인을 제외한 모두가 죽었다. 그 사고는 그의 집안과 죽은 사람들의 친구들에게 마치 역사적 기념비처럼 깊은 정신적 상처를 남겼다.

5. 1917년 미국이 제1차 세계대전에 참전했을 때, 장인은 아직 20대 후반이었지만 조종사가 되기를 원했다. 그는 나이가 너무 많아서 조종사가 될 수 없다는 말을 들었지만 날고 싶은 열정이 너무 커서 드디어 조종훈련학교에 입학하였고 플로리다로 가서 조종사가 되었다.

1918년 장인은 프랑스로 가서 드 아비앙 비행기를 몰고 프랑스에 있는 한 기차역을 폭격했다. 한번은 독일군 상공을 날고 있었는데, 작은 구름들이 그의 주위에 생겨났고 그는 그것들이 아름다워서 오랫동안 거기에 머물러 있다가 비로소 그것이 자기 비행기를 격추시키려는 독일군 방공포라는 사실을 깨달았다.

또 한번은 그가 프랑스 영공을 날고 있었는데, 그의 비행기 뒤로 무지개가 나타나더니, 그가 방향을 선회할 때 역시 방향을 선회하면서 여전히 뒤따라오고 있었다. 1918년 어느 날 오후에.

6. 전쟁이 끝나고 그가 대위로 제대해서 기차로 텍사스를 여행하고 있을 때, 옆자리에 앉은 중년남자와 300마일(482킬로미터)을 가는 동안 이야기를 했다. 그 중년남자가 말했다. "내가 만일 자네 같은 젊은이이고 여윳돈이 있다면 아이다호에 가서 은행을 시작할걸세. 아이다호에서 은행업은 미래가 밝아."

7. 그래서 장인은 그렇게 했다.

8. 그는 아이다호에 가서 은행업을 시작했는데 곧 세 개로 늘어났고 큰 지점도 생겨났다. 때는 1926년이었고 모든 것은 잘 되어가고 있었다.

9. 그는 열여섯 살 연하의 학교 교사와 결혼했고, 필라델피아로 신혼여행을 가서 일주일을 보냈다.

10. 1929년 주식시장이 붕괴하면서 그는 큰 타격을 입고 은행을 포기한 후, 대신 그 과정에서 인수받은 식료품 가게를 열었다. 하지만 그에게는 비록 융자금을 갚아나가고 있긴 했지만 목장이 있었다.

11. 1931년에 그는 양을 기르기로 했다. 그는 양 떼를 많이 샀고 목동들에게 아주 잘해주었다. 너무 잘해주어서 아이다호에서 사람들이 입방아를 찧기도 했다. 그러나 양들은 무슨 병에 걸려 모두 죽었다.

12. 1933년에 그는 또 다시 많은 양 떼를 샀고, 자기 목동들에게 너무 잘해주어서 소문에 기름을 부었다. 1934년에 양들은 끔찍한 병에 걸려서 모두 죽었다.

13. 그는 목동들에게 상여금을 듬뿍 준 다음, 그 사업을 접었다.

14. 그는 목장을 판 후에야 빚을 다 갚을 수 있었고, 새 시보레 차를 사서 가족을 태우고 캘리포니아 가서 새롭게

시작했다.

15. 그는 이제 마흔네 살이었고, 스물여덟 살인 아내와 어린 딸이 있었다.

16. 그는 캘리포니아에 아는 사람이 하나도 없었고, 때는 경제공황시대였다.

17. 그의 아내는 마른 자두를 만드는 움막에서 얼마 동안 일했고, 그는 할리우드의 주차장에 차를 주차해주는 일을 했다.

18. 그는 조그만 건설회사의 경리사원으로 취직했다.

19. 그의 아내는 아들을 낳았다.

20. 1940년에 그는 잠시 캘리포니아 부동산업에 뛰어들었으나 곧 그만두고, 다시 그 건설회사의 경리사원으로 일했다.

21. 그의 아내는 그 후 8년 동안 식료품 가게의 계산대 직원으로 일하다가, 부 매니저가 그만두고 독립해서 자기

가게를 차리자 그를 따라가서 지금까지 그를 위해 일하고
있다.

22. 그녀는 지금 23년 째 그 식료품 가게의 계산대 직원
으로 일하고 있다.

23. 마흔 살까지 그녀는 엄청 예뻤다.

24. 건설회사가 장인을 해고했다. 그들은 장인이 경리를
맡기에 나이가 너무 많다고 말했다. "이제 자네는 자유로운
목초지로 나가야 해"라고 그들은 농담을 했다. 그는 쉰이홉
살이었다.

25. 그들은 25년 동안 같은 집에 세들어 살았다. 비록 한
때는 보증금 없이 매달 50달러에 그 집을 살 수도 있었지만.

26. 딸이 고등학교에 들어갔을 때, 그는 그 학교의 잡역
부로 일하고 있었다. 딸은 아빠가 복도에서 청소하고 있는
것을 보았다. 집에서는 그가 잡역부로 일하고 있다는 것에
대해 아무도 언급하지 않았다.

27. 어머니는 남편과 딸의 도시락을 같이 싸곤 했다.

28. 그는 예순다섯에 은퇴하고 아주 조심스러운 달콤한 와인 중독자가 되었다. 그는 대부분의 시간을 집에서 보냈으며, 아내가 식료품 가게로 일하러 나간 후 몇 시간 후인 10시부터 술을 마시기 시작했다.

29. 그는 하루 종일 조용히 술에 취해 살았다. 그는 언제나 술병을 부엌 찬장에 숨겨놓았으며, 비록 집에 혼자 있었지만 몰래 꺼내 마시곤 했다.
　그는 집을 어질러놓지 않았으며, 아내가 퇴근하고 돌아오면 집은 언제나 깨끗했다. 그는 알코올 중독자가 안 취한 것처럼 보이려고 할 때 그러는 것처럼 두렵고 소심한 태도로 반듯하게 걸으려고 노력했다.

30. 그는 더 사용할 삶이 남아있지 않았기에 삶 대신 달콤한 술을 택했다.

31. 그는 오후에는 텔레비전을 보았다.

32. 한때 제1차 세계대전 때 프랑스 상공에서 그가 폭탄과 기관포를 탑재한 비행기를 조종했을 때, 무지개가 따라오는 것을 보았다.

33. "당신 아버지가 오늘 오후에 돌아가셨대."

|

리처드 브라우티건의 유쾌하고 신랄한 문명비판
김성곤

1. 사라져가는 잔디밭

《완벽한 캘리포니아의 하루》(원제: 잔디밭의 복수Revenge of the Lawn)의 화자는 경직되고 황폐한 현대문명에 실망하고 좌절한 1960년대 미국의 젊은이이다. 그는 목가적인 꿈이 사라진 현대의 메마른 풍경의 근원을 찾아, 자신의 조부모가 살았던 제1차 세계대전과 금주령 시대, 그리고 부모세대가 겪은 경제공황과 제2차 세계대전 시대로 거슬러 올라가 문제의 원인을 탐색하고 그 근본과 조우한다. 그리고 과거에 무엇을 잘못했기에 오늘날 우리가 이런 암울한 현실에서 살고 있는가를 비로소 깨닫게 된다. 그런 의미에서 화자는 현대가 당면한 문제의 근원을 찾아 '과거로의 탐색여행'을 떠나는 다른 포스트모던 소설의 주인공들과도 닮아 있다.

원서의 표제작인 단편 〈잔디밭의 복수〉에서 자신이 태어난 해인 1936년으로 돌아간 화자는 자기가 세상에서 맨 처음 본 것은 정원에 있는 커다란 배나무를 의붓할아버지 '잭'이 베어서 불태우는 장면이었다고 말한다. 세상에 태어나자마자 목가주의의 상징적 종말을 목격한 것이다. 과연 잭은 모든 면에서 녹색 전원주의와 반대되는 인물이다. 우선 그는 캘리포니아로 이주해온 이탈리아계 장사꾼이고, 기계인 자동차를 좋아한다. 잭은 화자의 친조부가 그토록 정성스럽게 가꾸어놓은 잔디밭을 전혀 돌보지 않아 단숨에 황폐화시키고, 심지어는 차를 몰고 잔디밭으로 들어가기까지 한다. 뿐만 아니라, 그는 두 번이나 차를 탄 채 집으로 돌진해 잔디밭과 집을 망가뜨린다.

의붓할아버지 잭이 싫어하는 것이자 그에게 겁을 주어 차를 탄 채 집의 담벼락으로 돌진하게 한 것이 다름아닌 '벌bee'이라는 사실은 대단히 상징적이다. 꿀이 올림포스 신들의 음식인 암브로시아라는 점에서 벌은 자연과 예술 또는 목가주의의 상징이라고 할 수 있다. 벌은 잭의 돈지갑에 붙어서 그를 놀라게 하고, 그의 윗입술에 붙어서 침으로 쏜다. 또한 잭으로 하여금 두 번째로 차에 탄 채 집으로 돌진하게 만든 것이 털 뽑히고 술 취한 거위 떼라는 사실도 의미심장하다. 술 또한 낭만적인 것이고 거위 역시 자연과 전원의 상징일 수 있기 때문이다.

화자의 친할아버지가 정신병원에 들어가 있다는 설정 또한 목가주의의 현주소를 상징적으로 보여주는 장치이다. 돈과 기계와 전쟁이 인간성을 말살하는 상황에서 목가적이고 전원적이며 비폭력적인 사람이 있을 곳은 정신병원이나 요양소뿐이기 때문이다. 비슷한 모티프가 영화 〈레인맨〉에서도 나타난다. 〈레인맨〉에서 돈과 기계만 추구하며 살아온 찰스는 요양원에 있던 자폐증 환자인 형 레이먼드를 만남으로써 비로소 그동안 자신이 잃어버리고 살아온 것이 무엇인가를 깨닫는다. 〈잔디밭의 복수〉에서 화자의 조부모는 등장하지만 이상하게도 부모는 등장하지 않는다. 그것은 곧 화자가 이끌어줄 부모도 없이 홀로 서야하는 상징적인 고아라는 것을 의미한다.

2. 잃어버린 목가적 꿈을 찾아서

과거에 캘리포니아는 태양과 대자연과 꿈의 도시로서 사람들을 불러모았다. 그러나《완벽한 캘리포니아의 하루》에서 화자는 문명이 자연을 파괴하고 평화로운 목가주의가 사라지는 시대, 그리고 그 자리에 돈과 기계와 전쟁이 들어서는 시대로 독자를 데리고 간다. 〈코튼 매더의 뉴스영화〉에서 그는 독일군의 폴란드 침공을 청교도 사회에서 있었던 코튼 매더의 마녀사냥에 비유한다. 폴란드인과 유대인은 미국의 마녀사냥이 그랬듯 광기에 휩쓸린 사람들에 의해 학살당했기 때문이다. 그렇게 함으로써 그의 이야기는 미국을 떠나 자연스럽게 범세계적 보편성을 획득한다. 〈터코마의 유령 아이들〉에서 화자는 아이들의 '금지된 장난'인 전쟁놀이를 통해 일본군의 진주만 공격과 미군의 반격이 초래한 전쟁의 파괴적 참상을 은유적으로 고발하고 있다.

《완벽한 캘리포니아의 하루》에서 캘리포니아는 아직 목가적 꿈이 살아 있는 곳으로 제시된다. 그러나 동시에, 의붓할아버지 잭이 그 좋은 예가 되겠지만, 몰려드는 자동차와 돈과 기계가 급속도로 자연과 전원과 정원을 황폐화시키는 곳이기도 하다. 화자는 이렇게 말한다.

> 이상하게도 캘리포니아는 다른 모든 곳에서 사람들을 불러서는 예전의 삶을 잊어버리게 한다. 이곳의 에너지 자체가, 혹은 금속을 먹는 꽃의 그림자가 우리를 다른 삶으로부터 불러와 길거리 주차 미터기가 타지마할처럼 늘어선 캘리포니아의 주민으로 만든다

캘리포니아는 무엇이든 할 수 있는 무한한 가능성의 땅이면서도 동시에 목가적인 꿈이 급속도로 사라지고 있는 곳이다. 캘리포니아의 별명은 '골든 스테이트'이다. 1848년 골드러시로 인해 황금의 땅이라는 데서 연유한 이 별명도 사실은 행운과 성공을 찾아 부나비처럼 모여드는 사람들의 꿈이 정신적인 것이 아니라 물질적이라는 점에서 생래적 문제를 내포하고 있다. 과연 〈샌프란시스코의 날씨〉에서처럼 현대의 벌들은 꽃이 없어졌기 때문에 동물의 간을 먹고 자란다. 그렇다고 해도 우리는 여전히 〈렘브란트 하천〉에

서처럼 잃어버린 송어를 찾아 탐색여행을 계속해야 한다고 화자는 말한다.

〈그레이하운드의 비극〉에서 오리건에 사는 한 처녀는 캘리포니아의 로스앤젤레스에 있는 할리우드에 가서 영화배우가 되는 꿈을 갖고 산다. 그녀는 집을 떠나 그레이하운드 터미널까지는 가지만, 부끄러워서 차마 버스 차비를 물어보지 못하고 다시 집으로 돌아온다. 그러고는 자기에게 청혼한 포드 자동차 세일즈맨과 결혼해 고향에 정착한다. 더블린을 떠나려고 그렇게 노력해도 끝내 용기가 없어서, 또는 여러 가지 중력에 발목이 잡혀 떠나지 못하는 제임스 조이스의 《더블린 사람들》의 주인공들처럼, 그녀 또한 끝내 자기 고향을 떠나지 못하고 돌아오는 것이다.

따뜻한 오리건의 밤에 집으로 돌아오는 내내, 발이 땅에 닿을 때마다 죽고 싶어하며 그녀는 울었다. 바람도 없었고, 어둠은 위로가 되었다. 그것들은 마치 사촌처럼 느껴졌고, 그래서 그녀는 젊은 포드 세일즈맨과 결혼해서, 제2차 세계대전이 일어난 해만 빼고는 매년 새 차를 운전했다.

그녀는 진과 루돌프라고 이름 붙인 두 아이의 엄마가 되었고, 그래서 아름다운 영화배우의 죽음은 잊어버렸다. 그러나 31년이 지난 후에도, 버스 터미널을 지나갈 때면 그녀는 여전히 얼굴이 붉어졌다.

화자는 우리의 삶도 대부분 이 처녀와 같음을 은유적으로 보여주고 있다. 화자는 또 은행과 백화점의 일화를 통해 미국문화와 사회에 대해 재미있으면서도 신랄한 풍자를 보여주고 있다.

물론 화자는 돈과 기계를 몰아내고 그 자리에 목가적 자연이나 예술을 들여오자는 이분법적 선택을 강요하지는 않는다. 〈샌프란시스코 YMCA에 바치는 경의〉에서 시를 좋아하는 화자는 퍼시픽 하이츠의 자기 집 수도관을 영국시인 존 던으로 교체하고, 욕조를 셰익스피어로, 부엌 싱크대를 미국시인 에밀리 디킨슨으로 교체한다. 그러나 화자는 곧 시가 배관을 대체할 수 없다는 것을 깨닫는다. 그래서 다시 원래대로 복원하려고 해보지만, 이번에는 기득권을 가진 시들이 나가기를 거부한다. 〈블랙베리 운전자〉에서는 엄청나게 큰 블랙베리 넝쿨 아래에 자동차가 있어서 마치 리오 마르크스가 말한 '정원 속의 기계The Machine in the Garden' 즉 '부조화 속의 조화'를 연상시킨다. 작가가 이 소설을 쓸 당시에는 가까운 미래에 '블랙베리'가 미국인들이 선호하는 휴대폰 즉 상호소통의 수단이 될 줄은 몰랐을 것이다. 그럼에도 두 블랙베리는 작가의 뜻을 잘 나타내준다.

3. '잔디밭의 복수'란 무엇인가?

《완벽한 캘리포니아의 하루》의 화자는 미국의 공식적인 신화인 아메리칸 드림과는 거리가 먼 사람이다. 그러나 그는 분노하거나 폭력에 호소하지 않고, 자신의 과거와 자기 가문의 발자취를 위트와 아이러니, 그리고 블랙유머와 패러디로 관조하고 바라봄으로써 미국의 문제점을 간접적으로 비판한다. 그래서 독자들은 그의 이야기를 들으면서 분노하는 대신 웃으며 삶을 성찰하게 된다.

브라우티건의 히피적 태도와 선불교적 명상이 크게 돋보

이는 것은 바로 그 순간이다. 실제로 작가 브라우티건은 선불교에 심취했으며, 일본에서 상당 기간 체류하면서 선불교 사상을 배우기도 했다. 그는 어린 시절을 회상하는 아이의 눈을 통해, 그리고 고도로 함축되고 절제된 미니멀리즘 언어로 현대문명을 비판함으로써 강력한 효과를 거두고 있다. 그래서 이 단편집은 비단 미국인뿐 아니라 현대인이라면 누구에게나 해당되는 보편적인 이야기가 된다. 과연 〈커피〉와 〈태평양에서 불탄 라디오〉와 〈캘리포니아, 1964년 문학적 생활〉에 등장하는 인물들은 모두 아내가 떠난, 그래서 따뜻한 인간교류를 상실한 현대인들이다.

그동안 우리가 목가적 꿈과 휴머니티의 상징인 잔디밭을 망치거나 없앴기 때문에, 지금 우리는 그 결과로 나타나는 부패하고 비인간적인 사회에 대한 잔디밭의 복수를 목격하고 있다. 그러나 그 잔디밭의 복수는 테러리스트들의 파괴적이고 폭력적 복수와는 달리, 꿈과 웃음을 잃어버린 현대의 황폐하고 피폐해진 삶의 제시에서 끝난다.

《완벽한 캘리포니아의 하루》는 1960년대의 자유주의, 목가주의 정신을 담은 소설집이다. 이 소설의 화자는 우리가 맹목적으로 돈과 기계(자동차, 컴퓨터, 스마트폰 등)를 추구하다가 우리가 상실한 것이 무엇인가를 다시 한 번 돌이켜 보게 한다. 잃어버린 소중한 것을 되찾고 상처 입은 영혼을 치유하며 상실한 것을 회복하자는 것. 이것이 바로 이 책이 우리에게 주는 중요한 메시지이다.

작가의 이름에 대해: 외국 이름을 우리 발음으로 정확하게 표기하는 것은 어렵다. Brautigan은 영국인이 발음하면 '브로티건'으로 들리지만 미국인이 발음하면 '브라리건' 혹은 '브라우티건'으로 들린다. 작가를 직접 만나고, 또 전공학자 닐 슈미츠 교수에게 문의한 후 '브라우티건'으로 표기하기로 했다.

REVENGE
OF
THE LAWN